青い桜と千年きつね

戌井猫太郎

SKYHIGH文庫

青い桜と千年きつね ― 目次

《人物紹介》
古町《ふるまち》綾乃《あやの》
大吾の妹。元気でしっかり者の
中学二年生。
古町《ふるまち》大吾《だいご》
高校二年生。平穏な日常を善し
とする、事なかれ主義。
菊田《きくた》あかり
大吾が憧れるクラスメイト。
凛とした性格で、周囲から「高嶺の花」と呼ばれている。

酒呑童子《しゅてんどうじ》
日本三大悪妖怪のひとり。
きつねと因縁がある。
青桜《あおさくら》きつね
少女の姿をした狐の妖怪。
快活な性格で、サンショウウオが好き。
【イラスト】烏羽 雨

青い桜と千年きつね

序章　出会い

京都《きょうと》のある祭りの夜。

古町大吾《ふるまちだいご》は、鴨川《かもがわ》のほとりで、キツネにつままれた。


キツネといっても、哺乳綱《ほにゅうこう》ネコ目イヌ科イヌ亜科の、あの「狐」ではない。

背筋をピンと伸ばし、対岸の夏祭りを眺めるのは、狐の面をかぶった人間であり、赤い着物に身を包んだ十歳ほどの少女である。

縦長の白面に描かれた目元には、燃え立つ朱と漆黒の化粧が絡まり、口元の紅はニヤリと笑みの形を作る。大きな耳は天に向かって伸び、右手には真っ赤なりんご飴を携《たずさ》えていた。

飴、アメ、雨――。

雨といえば、日中は天気雨が降った。

その偶然と、対岸に躍る提灯《ちょうちん》の群れを背負う彼女の姿は、まるで怪火《かいか》をまとう狐の嫁入りそのもので。しかし、周囲を見渡してみても、婚儀を祝う仲間の姿はない。

キツネは独り佇《たたず》み、目の前の少年をジッと見つめていた。

どこにでもいそうな普通の男子高校生——大吾は、祭りの熱にあてられ、一休みするために対岸に出た訳で、先客が陣取るその場所に用はない。

いや、彼女の佇む姿があまりにもサマになっていたので、邪魔をしたくなかったのかもしれない。

大吾は他の場所を探すため、踵《きびす》を返す。——が、その足が前に進むことはなかった。

「こん」

声をかけられたのだ。

その声は面の下でくぐもっていたが、本来の透明さを失ってはいない。

天気雨、狐の嫁入り、赤い着物、狐の面——このような条件が揃った以上、いかように情緒ある出来事と出会えるのかと、大吾は密かな期待を胸に落とす。

しかし、大吾の期待は一瞬で打ち砕かれることとなる。

「止まれ、そこの阿呆《あほう》」

出会ったばかりとは思えない酷い言葉を投げかけられたのだ。大吾はムッとした顔で振り返り、少女を見据える。

「阿呆……阿呆とは、僕のことか?」

「他に誰がいる？　周囲には私とお前しかいないであろう。そんなことも分からないとは、さてはお前、ただの阿呆ではないな。おたんちんのぽんつく阿呆だな」

「意味は分からないが、貶《けな》されていることは分かる。もしかして、君は僕の知り合いか？　そうでなければ、そこまで言われる筋合いはない」

「知り合いと言えば知り合いなのかもしれないが、お前は私の顔を見たところで、知らないと抜かすであろう。故に、知り合いではない」

謎かけのような妙な言い方であるが、答えを探る暇すらなく、少女は続ける。狐の面を外さぬまま、真っ赤な飴を携えたまま、穏やかに、しかし、はっきりと。


「ひとつだけ、願いを叶えてやろう」


こうして、大吾と、狐の面の少女は出会った訳であるが、その邂逅《かいこう》は奇奇怪怪《ききかいかい》と言わざるを得ない。ひとつだけ願いを叶える、などという仰々《ぎょうぎょう》しい台詞《せりふ》も、一般的な生活をしていれば、物語に出てくる悪魔の甘い罠の文句でしか耳にすることはない。物語の中の悪魔が求めるものは、大抵「魂」と相場が決まっているが――大吾は少女の姿を見直し、安堵《あんど》の息をついた。

何故なら、目の前に立っているのは、悪魔でもなければ神さま仏さまでもない。テレビやアニメで覚えた口上を試したい、ただの子供なのだ。

大吾は人混みにあてられた熱も冷めていたので、暇つぶしに子供の悪戯《いたずら》へ乗じることにした。

「それじゃあ、その面を取って顔を見せてくれないか？」

「願いはそれだけか？」

「ああ」

「子供の戯《たわむ》れとでも思われたか。くくく。まぁ、よい」

少女は細い指で狐の面の顎先に触れ、ゆっくりと外した。右耳の上で一つに結われた黒髪が、夏の温《ぬる》い風に揺れる。

少女の素顔が見えた瞬間――大吾は目を大きく見開いた。

白くなめらかな肌も、桜色の唇も、通った鼻筋も、まだ小さな子供とは思えない人目を惹《ひ》くものであり、胸を射抜かれそうになったのだ。

だが、最も目につく箇所は別にあった。

少女の後ろに見える満月の色に似た、金色の瞳だ。猫のような大きな瞳のふちが、金色の瞳を囲み、五歩ほど離れた場所であっても、睫毛《まつげ》の差す影が見える。

想像すらできない美しいものを見かけたとき、人間は言葉を失うものなのだな、と大吾が実感している最中、少女が口を開いた。

「お前の願いは叶った。どのような気持ちだ？」

「……どこにでもいる子供の顔が見られただけで、どのような気持ちもないだろう」

少女は呆気《あっけ》にとられた様子で、一時目を丸くしていた。

「他には何もないのか？」

あるにはある。というより、どのように考えても、一番気になるのは金色の瞳である。

しかし、少女が欲しい返答が「それ」であると分かるくらいに得意げな笑みを浮かべていたので、なんとなく思惑通りの言葉を吐くのが躊躇《ためら》われた。天邪鬼《あまのじゃく》と言われようとも、何だか負けた気分を味わいそうだったのだ。そこで、大吾は一時吟味して別の言葉を選ぶ。

「そりゃ、かわいらしい女の子だとは思ったけれど……」

大吾はかわいいだとか、綺麗だとか言いなれていないのか、照れるように頭を掻《か》く。

「かわいい、かわいいか。うむ、うむ。なかなかいい返答だ。だが、この眼にもっと驚くと思っていたがな。それどころか、どこにでもいるかわいい子供ときたか」

少女は嬉しそうな笑みを浮かべてうなずき、ギロリと大吾を見つめた。

「しかし、お前が望んだことだ。対価はいただく」

「対価？　何を？」

後ずさる大吾を気にせず、少女は言葉を続ける。大きな瞳を半分だけ閉じて笑う姿は、少女とは思えない大人びたもので、大吾の背中がヒヤリと寒くなる。

「こういうときの対価は、決まっているであろう」

決まっている。そう、こういったときの対価は決まっている。大吾は嫌な予感がして、なお一層、身構えた。少女の口はニヤリと音がするかのような形に曲がり、その幼い顔に似つかわしい台詞が飛び出した。

「タマシイ、だ」

そう、それはまるで物語に出てくる悪魔のように。少女が口を結んだちょうどそのとき、大吾は友人が呼ぶ声にハッとなって振り返った。

「そろそろ行くぞ」という呼びかけを背に、大吾は少女に別れを告げようとするが、これは一体何が起こったのか。一瞬目を離した隙《すき》に、少女はいなくなっていた。

煙のように消えてしまった少女を捜し、大吾は視線を走らせる。河原の石、喧騒《けんそう》が広がる対岸、草むらの方角にも、遠く橋のほうにも視線を走らせた。

しかし、どこにも少女の姿は見られない。

真夏の夜、遠く喧騒が響く祭りの最中、大吾は鴨川のほとりで立ち尽くした。

キツネにつままれたのだろうか。眼前に広がる水面には、少女の眼を思い出させる金色の月が、静かに揺らめくだけであった。

第一章　妖怪きつね

大吾が少女と再会したのは、祭りの日から数日後。

夏休みの補習を終え、家に帰る途中であった。

教師が教室を出ていき、生徒たちがチラホラと立ち上がったころ、大吾は高校指定の青い鞄を肩に掛け、席を立った。

中には街に出て遊ぶ者もいるようであるが、そうした学生の大半は、そもそも自由参加の補習に参加したがらない。参加者のほとんどが帰宅組であり、大吾も例に漏れなかった。

昇降口でスニーカーに履き替えると、太陽が照りつける校庭に出た。

白い服は太陽の光を反射すると言うが、この灼熱《しゃくねつ》の前では、どれだけ役に立っているのだろうか。さすがに黒い服よりはマシだろうが――。

大吾は照りつける太陽に目を細めつつ、校門をくぐった。

いつ覗いても客がいない時計屋、タオルを頭に巻いた親父が小さく折り畳んだ新聞を睨《にら》みながら退屈そうに店番をする八百屋、十分百円と書かれた看板が立つコイン駐車場。

人々や自動車が行きかう大通りには、いつも通りの風景が流れる。

大吾は途中、古本屋に立ち寄ると、空調の効いた店内で、涼みながらの立ち読みにふけった。十分、目利きした上で、三冊の漫画を購入すると、鞄に突っ込む。

立ち読みに夢中になりすぎたのか、店を出ると、時計はすでに十七時を刻んでいた。大吾はコンビニ角の小道を抜けると、静かな住宅街に入る。住宅街に入ってすれ違うのは、買い物帰りの主婦くらいで、校門前の賑《にぎ》やかな通りと比べれば、退屈を感じずにはいられない。住宅街を抜けると、今度は更に退屈な風景——山の緑が視界に広がる。

山道特有のゆるやかなカーブを何度か曲がると、水神《すいじん》を祀《まつ》っているという神社の参道が見えるのだが、本殿《ほんでん》ははるか先、山の中腹に立っており、大吾の場所からは鳥居すら見えない。大吾は歩きながら「いつも通りの一日が終わるのか」とぼんやり考えていたが——。

「こん」

予想を裏切るように、突然、声が響いた。誰もいないと油断していた大吾は、構えるような格好で飛び退く。さまよう視線は、左右を走り回ったあと、上——石段にたどり着いた。

下から数えて二十段目ほどの石段には、祭りの日に見かけた奇妙な少女が座っていた。祭りの日ではないのに、出会った日と同じように赤い着物を身に着け、狐の面をかぶっている。

膝《ひざ》の上に両肘《ひじ》を載せた少女は、仮面で表情こそ見えないものの、明らかに退屈そうな態度で大吾を見下ろす。街中で見かければ不自然な格好であるが、神社の前だからか、気にならない。

「こん」

石段の左右に広がる森の木々が風に揺れ、少女の髪がふわりと揺れる。

何事かと飛び退いた大吾は、自身の過剰な行動に頬《ほお》を染めつつ、コホンと咳払い。何事もなかったかのように、神社の前を通り過ぎた。少女の呼びかけは、聞こえないふりである。祭りの日の出来事を思い返せば、嫌な予感しかしなかったのだ。

しかし、背中を追う「こん」という言葉は、距離をとるごとに大きくなっていく。

こん、こん、こん。

しつこい。

こん、こん、こん、こん、こん。

しつこい、しつこい、しつこい。

思った以上にしつこい。十回目の「こん」は最早、大声になっており、無視できないと思った大吾は、仕方なく来た道を戻ることにした。大吾は呆《あき》れと諦《あきら》めが混ざった表情で、少女を見上げる。

「こんなところで何をしている？」

大吾の呼びかけを耳にした少女は、先ほどの退屈そうな様子とは打って変わり、飛び出す勢いで石段を駆け降りた。

少女は最後の三段を一気に跳び降りると、狐の面を外し、いつぞや見せた悪い笑みを浮かべる。ニヤリという擬音が聞こえてきそうだ。

大吾が少女の金色の瞳を見るのは二度目であったが、整った顔や独特の雰囲気が交わり、簡単に見慣れるものではない。

大吾はひきつった顔で後ずさりするが、少女は気にする様子もなく、左腕を上げ、道の先を指さした。

「お前を捜していた。さあ行こう」

「行こうって……どこへ？」

「お前の家だ」

大吾は予想外な展開に呆然とせざるを得ない。少女に声をかけられた時点で、そこそこ困る状況に陥るのではないかと予感していたが、まさか「家に行く」などと言われる状況は予想していなかったのだ。

「それは困る」

慌《あわ》てて拒否する大吾に、少女は悪びれた様子もなく続ける。

「お前の魂は私のものになったじゃないか。私の言うことには従う必要があるのだ」

「あれはそういう遊びだったのだろう？　つき合っただけでも感謝して欲しい」

「ひどいッ！　私を弄《もてあそ》んだのね！」

と、少女が声を張り上げたときに限り、普段人通りが少ない道を年配の夫婦が通りかかる訳で。ただでさえ高校生と小学生ほどの少女という怪しい組み合わせだからか、夫婦が疑念を込めた視線を大吾に送っていた。

「ちょ！　止めろバカ！　分かった、分かったから、そういうのは止めて！」

「ほーい」

キシキシ笑う少女とは対照的に、大吾は大きなため息をついて歩き出した。その背中を、少女が小走りで追う。まさか本気で家までついてくる気だろうか。消えそうにない背後の気配に、大吾は必死に弁解の言葉を捻《ひね》り出す。

「知らない人についていってはいけないと学校では習わないのか？」

「誰かに習ったかもしれないが忘れた。しかし、お前と私はもう十分知った仲ではないか」

「祭りの日か？　あれだけで知った仲とは言わない」

大吾の言葉に、少女がにんまりと笑う。それにしても、子供は表情が豊かだ。大吾の表情は、呆れたり、諦めたり、眉間にしわを寄せたり、焦って眉を八の字にしたり、ある意味でバリエーションは豊かであるが、少女とはえらく対照的である。

大吾もあまりほめられた顔をしていないことに気づいたのか、ペタペタと自らの頬を触るが、考えれば考えるほど、眉間にしわが寄っていくから不思議だ。原因が後ろを歩く謎の少女であることは間違いないが。

「いいではないか。少し話がしたいだけだ」

「話すだけだったら、わざわざ家でする必要もない。歩きながらでもできるだろう。その話とやらが終わったら帰ってくれよ」

「話が終わったらな」

何故、謎の少女につきまとわれているのか、大吾には分からなかったが、歩きながら適当に相手をすることにした。会話をすることで満足してもらい、サヨナラできるのであれば、下手に騒がれるよりはいいと考えたのだ。

そうした訳で、二人は会話しながら歩くものの、少女が口にするのは、近くの河原に綺麗な石があるという話や、神社の森の近くで野生の狸《たぬき》を見たという話、水族館のサンショウウオに興味があるという話——取りとめのない話題ばかりで、なかなか本題に入ろうとしない。

本題に入らないまま歩みはどんどん先に進んでしまい、遂には板塀で囲まれた日本家屋が現れてしまう。塀のはるか向こう側に母屋《おもや》が見える広大な敷地の家屋を目にした大吾が、苦い顔をして立ち止まった。

「あそこが僕の家だ」

少女は鼻息を荒くして、大吾の前に立った。

「おぉー、ここがお前の家か。大きいな」

「言っておくが、金持ちとかではないぞ」

「お前のみすぼらしい格好を見ていれば、それくらいは分かる」

「君はいつも一言多いな」

大吾が肩をすくめていると、少女が憮然《ぶぜん》とした表情で振り返った。

「気になっていたのだが、私は『君』ではない。青桜《あおさくら》きつねという名前があるのだ」

「青桜きつね」

「いい名前だろう」

大吾は懐《なつ》かしい響きがするその名に、どこで聞いたことがあるのかと記憶を探ったが、何も思い出せない。考え事をしていたためか、大吾の返答が一拍遅れる。

「ああ、いい名前だな」

名前をほめられて嬉しいのか、少女――きつねの歩みが少し速くなる。

それにしても祭りのあの日、大吾が「キツネにつままれた」と感じたのは、比喩どころか、ある意味で正解だったということだ。

「これからは、きつねと呼んでくれ。それでお前の名は?」

「僕は古町大吾だ」

名前を聞いたきつねは、何故か嬉しそうに目を細めた。

「古町大吾か……」

大吾は歩きながら会話を済ませ、さっさと帰ってもらおうと考えていたが、世間話を切り上げるタイミングを失ってしまい、家の前にたどり着いてしまう。顔には出ないよう堪《こら》えているが、焦《あせ》りはピークに達していた。

「きつね、君の両親も心配しているだろう。そろそろ帰ったほうがいい」

大吾は親切を装い、きつねに帰宅を勧める。が、きつねには大吾の思惑などお見通しのようで、余裕の表情が崩れる気配はない。

「ふむ、その様子を見たところ、部屋に上がるのは難儀そうだな」

「部屋には絶対に上がらせないぞ」

部屋に上がるという言葉には、さすがの大吾も慌ててしまう。大吾のしどろもどろを見たきつねは、わざとらしく首を傾《かし》げた。

「何故だ？」

「変な誤解があったらたまったもんじゃない」

大吾が一段と低いトーンで言うと、きつねは意外にもあっさりと引き下がった。

「仕方がない。今日はここまでにしておくか」

ケンケンパをしながら、来た道を戻るきつねの背中を大吾の視線が追う。一人で帰すのは心配だったが、きつねは神社の近くに住んでいるらしく、「遠くもないので送りは結構」と拒否される。

一体何のためについてきたのかよく分からなかったが、大吾はようやくの解放に、胸を撫《な》で下ろした。ここぞとばかりに、安堵の息もつく。しかし、その安堵は僅《わず》か二十七秒後に打ち砕かれることとなる。

屋敷の門を開け、庭を横切り、玄関の戸を引いてギシギシ音を鳴らす階段を上る。ここまでにかかった時間は二十五秒。

階段上がって直《す》ぐの戸を引いて、自分の部屋に入ろうとした瞬間、大吾は驚きのあまり後ろに転んで廊下に手をついてしまった。

「ふひッ！」

信じられない光景を前に、大吾は目を丸くし奇妙な声を漏《も》らすしかない。見開いた目、ひくつかせた口、ピクピクと痙攣《けいれん》する眉。ひきつった顔は、大吾にとっても生涯初めての体験となる奇怪な表情であった。

「何でここにいる？　さっき別れたはずじゃ……」

「こうでもしないと、話を聞いてくれないだろう」

ちゃぶ台の向こう側には、何故か先ほど別れたはずの少女きつねが座っていた。

きつねは澄ました顔で大吾の部屋を見渡す。

部屋は整頓されているというよりは、物が少ないと言ったほうが正確で、シンプルなラックつきの机と、デスクトップパソコン、漫画ばかりの本棚が三つ、壊れかけの扇風機、シングルのパイプベッド、それから部屋の中央に置かれたちゃぶ台しかない。開いたカーテンは風に揺れ、蜜柑《みかん》色の夕陽が部屋の畳を鮮やかに染め上げる。

予想外の状況に、十数秒ほど落ち着きなく右往左往していた大吾であったが、十回近く深呼吸を繰り返した後、何とか冷静な表情を取り戻す。

「こうでもしないと話を聞いてくれないと言うけれどな。外で話せばよかったじゃないか。外だったらいくらでも話は聞いたさ」

「外では話せないことなのだ」

「それよりも、まずはっきりさせたいことがある。どうやって僕より先にこの部屋に入ったんだ？」

「その点については順を追って説明する」

窓が開いていることを考えれば、窓から侵入したのは間違いないが、いくら純和風の古い日本家屋とはいえ、大吾の部屋は二階にある。梯子《はしご》がかかっている訳でもなく、近くに踏み台になるような塀がある訳でもない。

そもそも、正面入口から入るよりも先に、二階へ上り切ることなど不可能だ。できたとしても人間業《わざ》ではない。一般的な見解を拝借すれば、まったくもって意味が分からない、奇妙奇天烈《きみょうきてれつ》な出来事である。

しかし、いくら思案したとしても、答えが分かるものではない。大吾は腹をくくり、きつねの話を聞くことにした。

大吾は座布団を敷くと、きつねの向かい側で胡坐《あぐら》をかいた。いつもは来客に勧める座布団の上なので、すわりが悪いのか、何度か座りなおす。

見れば見るほど幼いきつねが、おもむろに口を開く。

「実は私は妖怪だ」

「そうか、妖怪か……って妖怪?」

きつねの告白に、大吾が目を丸くする。大吾は真剣な面持ちで、何やら言葉を返そうと口を開いたが、飲み込むように一旦閉じて失笑した。

「今度は妖怪ごっこか?」

「遊びで言っているのではない。こう見えて、私は千年近く生きている。おかしいと思わなかったか?　見た目は少女に拘わらず、大人びた思考の持ち主だと。妙にせくしーで、大人っぽい美少女だなーと」

最後のほうは余計であるが、確かに話す内容や口調は子供らしくない。大吾は納得しかけるが、それが妖怪である裏づけにはならない。

思考を巡らし、黙り込む大吾に構わず、きつねは続ける。

「大吾より先回りしてこの部屋に入れたのも、実は空を飛んだからだ」

空を飛ぶ。さすがの大吾も、真剣な表情を崩して吹き出した。

「そんなことを言われても信じられる訳がない」

「それならこれでどうだ？」

きつねは右手をちゃぶ台の上に差し出し、手のひらを天井に向けた。

次の瞬間、ポッという音とともに、手のひらの上に小さな炎が揺らめいた。

「うわッ！」

「狐火《きつねび》だ」

得意げにきつねが笑う。

「マ、マジックか何かか？」

「かたくなだな。まぁ、私の狐火は不完全だし、マジックと言われても否定はできないか
……仕方がない。千里眼《せんりがん》も披露《ひろう》しよう」

「千里眼なんて見せられても、僕はきつねが妖怪だなんて信じないぞ。絶対に、だ」

焦りで表情が崩れっぱなしの大吾を尻目に、きつねが目を閉じて唸《うな》り出した。千里眼は時間がかかるらしく、二人の間に無駄な緊張感が生まれる。

信じないと断言した大吾も、固唾《かたず》を呑んで見守らざるを得ない。しばらくすると、きつ

ねがカッと目を見開き、壁に寄せた本棚を指さした。

「……そこの本棚、国語辞典のケースの中に『ムラムラパラダイス』、机の一番下、中学の教科書の下に『スケべェ大運動会』、押し入れの奥、一番大きな段ボールの中に……」

「妖怪、信じまぁあああすッ！」

「ふむ、それでよい」

大吾はワナワナと震えながら頭を抱えた。何せ妖怪と名乗る少女が現れ、秘蔵のコレクションの場所まで言い当てたのだ。どのようなカラクリなのか分からないが、気味が悪くて仕方がない。

この少女はいったい何が目的なのか。考えても考えても何も分からないので、大吾はとりあえずきつねに話の続きを促した。

「……続けてくれ」

大吾がようやく自分のことを妖怪と認めてくれた。そう解釈したのか、きつねは腕を組み、満足げに何度もうなずいた。

「実は祭りのあの日、私が大吾に接触したのには理由がある」

「理由？」

「そう、大吾が人間にしては強い力を発していたのだ」

「強い力？」

「我々はその力を妖力《ようりょく》と呼んでいる」

妖力という言葉に、大吾がポカンと口を開ける。そして、一度立ち上がって窓の外を眺めた後「綺麗な夕陽だ」とつぶやき、もう一度座布団に座った。

落ち着きのない大吾が、ようやく捻り出した言葉は「話が怪しくなってきたな」という普通の反応であった。

「何故、そこまで動揺しているのか知らないが、最終的には大きな壺《つぼ》を買ってもらうことになる……というのは冗談だ」

ちゃぶ台に頭から突っ込んだ大吾は、本気で痛そうに額をさすっていた。

「二つの意味で頭が痛い、真面目《まじめ》に話を進めてくれ」

「くくく、悪い悪い」

きつねはこほんと咳払いした後、真剣な顔つきで言った。

「私が石段に座っていた神社があっただろう」

「ああ」

「あの神社を炎上させる」

「炎上させる」

「神主《かんぬし》は血祭りだ」

「血祭り」

「実行犯は、大吾だ！」

「って、うぉおおおいッ！　僕はそんなことやらないぞ！　というか、勢いあまってちゃぶ台に足を載せるな！」

大吾は我慢できずに怒鳴っていたが、きつねは対照的に呆れた様子で視線を返す。

「落ち着け、大吾」

「これが落ち着いていられるか！」

「大丈夫。殺すのは神主だけだ」

「それがすでにアウト」

「仕方がないだろう、私の住む家はあの神社の直ぐ隣なのだ。そのままにしておくと、いつの間にか私は祓《はら》われて昇天してしまう」

大吾が何かに気づいたのか、ちゃぶ台の上に腕を置き、身を乗り出した。

「ちょっと待て、それはおかしいぞ」

「何がだ？」

「あの神社は、僕がここに引っ越してきたとき、小学生のころにはすでにあった。あの古さからして、恐らく生まれる前からあったのだと思う。何故、今になって、突然住めなくなりそうになったんだ？」

「ふむ、まずその説明が必要だったな」

きつねは神妙な顔でうなずき、ようやくちゃぶ台から足をのけた。

「大吾、お前は真《しん》と偽《ぎ》の違いが分かるか？」

「真と偽？　真は真実のことか？」

「うむ」

「真実は、本当のこと……嘘偽りがないことじゃないのか」

大吾が頭の中の辞書をめくりながら答えると、きつねは神妙な顔でうなずいた。色々な表情を見せるきつねであるが、神妙な顔が一番似合わない。そんなことを思いながら、大吾は話の続きに耳を傾けた。

「そうだ。しかし、その本当、本物、真実とは、どのような定義で決まっているのだろうな」

「定義？」

「例えばこの世には、陰陽師《おんみょうじ》、エクソシスト、神主と呼ばれる者がおり、我々妖怪や悪霊の退治を行っている。しかし、妖怪が見える者は少なく、実際に退治したのかどうか判断することができないことも多い。それらの退治が実際に行われたものなのかどうか……つまり、その神主が真であるか、偽であるかはどうやって判断すると思う？」

大吾は一時、腕を組んで考えたが、確かに判断は難しいと、直ぐに降参する。

「さあ」

「本来、これら職務の適任は、能力の有無によって決めなければならない。しかし、官職は氏姓制度の時代から世襲《せしゅう》が基本であり、長男の受け継ぎが通例だ。最も有名な霊払いの一族も、古来、律令制下《りつりょうせいか》において中務省《なかつかさしょう》に属した官職の一つであり、その家に生まれたという理由だけで、真として扱われ続けた。本質的には偽であったとしても、だ」

大吾が不思議そうに首を傾げる。

「それは……真と呼べるのか?」

「我々から見れば、恐るるに足らない偽でしかない。しかし、いかに真であっても、都合によっては偽と呼ばれ、偽であったとしても、都合によっては真となる。それは今も昔も、どのような事柄においても変わらない。最早、真偽とは、物事の本質とは関係なく、見る側の都合によって使われている言葉と言えよう」

一通り話を聞いている大吾であったが、話を聞けば聞くほど分からなくなっていく。大吾は怪訝《けげん》な顔で続きを促した。

「それで、その真偽とやらが、今回の件とどう絡むんだ?」

「私が住む家の隣には神社があると言っただろう。私が階段に座っていた、あの神社だ。実はあの神社の神主は、これまで代々偽の者たちであった。意味のない不気味《ぶきみ》な口上を垂れ流す様は、我々妖怪にすれば滑稽《こっけい》な肴《さかな》。私にとって、何の害もない神主だった。しかし」

「しかし？」

「あろうことか！　今回家を継いだ神主の子は、真の力を持って生まれたのだッ！」

「だから、ちゃぶ台に足を載せるな！」

今にも立ち上がりそうな勢いで怒鳴る大吾であったが、きつねは何も気にしていないのか、涼しい顔で続けた。

「その子の力により、神社周辺は結界が張られている。非常に口惜しい事実ではあるが、我が家にはすでに、近づくことができない一角ができてしまっている。せっかく集めたびっくりうーまんしーるや、綺麗な石や宝石、きらきらしたかーどのこれくしょんが取り残されているのにも拘わらず、だ！」

「事実かどうかは置いておいて、千歳とは思えない趣味だな」

「ふふ、千歳とは思えない、なういい趣味をしておろう」

「千年も成長がなかったのか、という意味だ」

「どういう意味だ！　失礼な！　とにかく、一週間後、作戦会議のために改めて大吾の家を訪れるから、それまでに覚悟を決めておけ。いいな？」

「何がいいのかさっぱり分からない」

「むらむらぱらだいす……」

「考えさせてください」

いついかなるときも、大吾を委縮《いしゅく》させ、従順《じゅうじゅん》にさせてしまう魔法の言葉である。

「ふむ、手伝ってくれる気になったか！　ありがとう大吾！　これであのにっくき神主の子もおしまいだな！」

場合によっては、やはり殺害するのか。大吾は項垂《うなだ》れた。——というか、よくよく考えれば、何をすればいいのか分からないから恐ろしいのだ。勿論《もちろん》、何をするのか明らかになることによって、より恐ろしい状況に陥る可能性もあるのだが。そうした複雑な思いを胸に、大吾は恐る恐る尋ねた。

「具体的に何をすればいいんだ？」

「四柱結界《しちゅうけっかい》という札式の結界が敷地の四隅の木や神社の柱に貼ってあるのだが、私の代わりに、その札を剥《は》がしてもらう。万が一、解除の途中で神主の子に見つかれば、神社を燃やすか、神主の子を殺す——とまではいかないにしても、足止めに戦う必要はあるだろう」

札を剥がす。何だ、それだけか、と大吾が胸を撫で下ろす。神主の子を殺したり、神社を炎上させたり、というのは大げさな冗談だったことが分かって安心するが、きつねの説明には続きがあった。

「しかし、大吾は力があるが故、私と同じく結界に入れば影響が出るだろう。札を四枚剥がすころにはバチバチっとなって死んでいるやもしれん。命が懸かる大仕事となれば、一週間ほど考えるのも無理はないな」

「何気に一番ヤバい情報が最後に出てない？　君の身代わりに死ねってことだよね？　というか、他にも重要な情報を伏せてたりしないよね？」

きつねは納得顔でウンウンうなずいているが、死ぬかもしれないと言われた大吾が納得できるはずもない。見開いた瞳は今にも飛び出しそうだ。いつの間にか生命の危機に陥っていることに気づいた大吾は、状況を打破すべく、どうにか抗議の言葉を捻り出すが、その思考を遮《さえぎ》るかのように、小さく二回、戸を叩く音がした。

「兄ちゃん、誰と話してるのー？」

「綾乃《あやの》！」

「綾乃？」

焦った様子の大吾に、きつねが小首を傾げて繰り返す。

「僕の妹だ！　きつね、こんな状況を妹に見られたらマズい。早く空を飛んで帰ってくれ！」

小学生にしか見えない少女きつねと、多感なお年頃の男子高校生、大吾。二人きりで部屋にいるこの場面を見られたら、たとえ相手が妹であってもまっとうな理由で説明するのは至難の業である。

大吾の切羽詰まった小声に、きつねも神妙な声で答える。

「無理を言うな、空は一日一回しか飛べない」

「何で僕にとって都合の悪い設定が、次々後だしで出てくるの？」

「ねー、入るよ？」

不毛な会話の間にも、妹の気配が不穏なものに変わっていくのを感じる。

「とにかく！　この状況を誰かに見られるのはマズい！」

「ふむ、絶体絶命のぴんちだな」

「何で余裕なんだよ！」

「ぴんちなのは、大吾であって、私ではない」

「確かに！」

そうこうしている間に、大吾の背後でカタリと音が聞こえた。

しびれを切らした妹の綾乃が、ついに戸に手をかけたのだ。

大吾はひざから崩れ落ちた。神社に火をつけ、人生の終焉《しゅうえん》を迎える前に、いち早く社会的に死ぬ未来が頭の中に浮かんだ。どうにかこの状況を切り抜けなければならない――瞬時にそう考え、大吾は叫んだ。

「大人の事情ッ！」

突然の大吾の声に、戸の向こう側に立っていた綾乃が目を丸くする。あまりの焦りで、声がひっくり返ってしまったのはご愛敬《あいきょう》。むしろ、大吾の切羽詰まった状況がしっかり伝わったのか、今まさに開かれようとしていた戸の動きが止まった。

「大人の事情で、今は部屋から出られない。ついでに言うと、綾乃には見せられない状態になっているから、何があっても部屋に入らないで欲しい」

「大人の事情？」

「そうだ」

　動揺を悟られぬよう可能な限り感情を抑え、吐き出された大吾の言葉に、綾乃が悟ったような声をかける。

「私、知ってるよ、兄ちゃん。男子のパッションが高まることによって生じる、止むに止まない事情だよね」

「綾乃はまだ中学生なのに詳しいな。さすが我が妹。という訳で、どうかこの場から今直ぐ離れて欲しい」

「でもでも、兄ちゃん、実はその要望、残念ながら今日だけは聞き入れることができないんだ」

「な、何故？」

　予想外な返答に、大吾の顔が引きつる。一歩間違えて綾乃が戸を開ければ、眼前に広がるのは、背徳的な光景——大吾の社会的な死。

　息を荒げ、薄皮一枚で隔てられた危機的状況に、身を震わせる大吾とは対照的に、きつねは退屈そうに漫画本を開いていた。その表紙がギャグ漫画だったので、大吾の顔は縦に横に伸びて大変である。

絶対に笑うなよ、と口の形だけで伝える大吾であったが、ニッコリ笑うきつねに、きちんと伝わっているかどうかは微妙である。

大吾の部屋の危機的状況などつゆ知らず、綾乃は言葉を続ける。

「私、先週のテストで百点をとったんだ。今直ぐこの答案用紙を兄ちゃんに見せて、喜んでもらいつつ、頭をなでなでして欲しい気持ちなの。感覚的に言うと、この間発売されたばっかりのポータブルなゲーム機を買ってもらわないと抑えられない衝動が、今、全身を駆け巡ってる」

最近発売されたポータブルなゲーム機。そのぼかし方だけでも、大吾には何のゲーム機を指すのか分かった。最新の技術を詰め込んだ、ハイスペックなポータブルゲーム機は、中高生を中心に大人気で、今やどこの店に行っても品薄の状態だった。中古であろうと、一向に値下がりせず、ほぼ新品の値段と変わらない。入手しようとすれば、相応の金額は払わなければならないだろう。しかし、大吾の選択肢は一つしかなかった。

「そーかー、奇遇だなー。それならちょうどよかった。実は兄ちゃんも綾乃にこの間発売されたばっかりのポータブルなゲーム機を買ってやりたい衝動が、昨日から全身を駆け巡っていたんだ。来月の小遣いが出たら、一緒にうなぎ堂へ行こうか」

「サンキュー兄ちゃん、愛してるぜ！」

世界で一番軽い愛を叫んだ綾乃は、嬉しそうな足取りで階段を下りていった。そのスキップの音が消えるのを待ち、きつねが身を乗り出す。

「すごいぞ、大吾！　まさかこれほどのぴんちを乗り切るとは！　結界解除作戦も期待できるな！」

「へへ、あはは……」

安堵と、大事に温めていた諭吉二人プラス来月の小遣いが、財布から旅立ちを告げた衝撃から、大吾は力なく笑った。そんな大吾ににっこりときつねは笑いかける。

「それでは、私は変化の術で鳥になって帰る。ではッ！」

「ではッ、じゃねぇーよ！　さっき使えよぉおおおおおおお！」

涙かれぬ夕闇、大吾が思いを馳せるは、鳥になって飛び立った悪魔と、諭吉二人の行方だろうか。

大吾は真っ青な顔のまま、部屋を出ようと立ち上がった。しかし、ショックが大きかったからか、右足が左足につまずき、押入れの襖《ふすま》に頭から突っ込んでしまう。

大きな穴が開いた襖から、頭を引き抜こうとしてもなかなか抜けない。大吾は頭を突っ込んだまま、諦めた。諦めて、悲しみに身を任せることにした。

厄介事には首を突っ込まず、目立たず、平凡に生きていこうと、様々な経験を元に固く決めたにも拘わらず、何故このようなことになってしまったのか。考えても、一向に答えが出る気配はなかった。

こうして、大の男の咽《むせ》び泣く声が、夕闇を切り裂いた。

第二章　夢と現実とサンショウウオ

大吾の目の前には、見知らぬ風景が広がっていた。

左右には古い時代のものと思われる木造の家が立ち並び、出入り口には、白や藍色の暖《の》簾《れん》がかけられている。家屋の前を流れる用水路には、小さな木製の橋がかけられ、脇には牛車で米俵を運ぶ男が見えた。

牛車を引く男は着物を着ていて、頭の上には笠をかぶっている。映画の撮影か何かなのか、あたりを見渡しても現代社会の趣《おもむき》はない。

何が起こってしまったのか。大吾は唖然とした表情で立ち上がった。状況を確かめるために足を動かすが、瞬《まばた》きをする度に目の前の風景にノイズが走り、暗くなっていく。ついには真っ暗な闇が訪れ、気づくと場面が変わっていた。

今度は夜の森。

風の撫でる草木の音が耳をくすぐる。

月明かりに照らされる木々は幻想的で、見上げると、木の枝の間から満月の光がこぼれていた。墨空にぶらさがる金色の月は、祭りの日に出会ったきつねの瞳を思い出させる。

腕の中には、温かな「何か」があって、大吾にはそれがとても大切なもののように思えた。抱きしめても、こぼれ落ちてしまいそうで、不安が重なって胸が苦しくなる。失ってしまわないよう、落としてしまわないよう、優しく抱きしめる。

しかし、抱えているものが何なのか、何故、大事にしなければならないのか、大吾には分からない。

大吾の身体が、足元から夜の闇に溶け、意識は再び遠くなっていく。

「夢……か」

寝ぼけ眼《まなこ》の大吾が、丸まったタオルケットを抱きしめたままつぶやいた。

大吾は幼いころから似たような夢を見ていた。

生々しい痛みを伴う悪夢であったり、丘の上から池つきの豪奢《ごうしゃ》な屋敷を眺めるだけの夢であったり、ときには雷のような速度で森や街を走り抜ける夢だったり。

状況は違えど、共通点はどの夢も古い時代の風景で、見知らぬ街並みはしかし妙に生々しく、目覚めても忘れることができない。

あまりにも同じような夢を繰り返し見るので、高校一年のときに図書館で夢占いやら歴史ものの資料を片っ端から調べた。その結果、町人の服装や、寝殿造りの建物が、平安時代のものであることを知った。

それでも何故、己が平安時代の風景を幾度も夢に見るのか、大吾には分からなかった。

何かを忘れているような気がするものの、考えても何も思い出せず、すっきりとしない。暗中模索《あんちゅうもさく》、五里霧中《ごりむちゅう》。

考えても結論が出ないことなので、日々の生活の中で次第に忘れてしまうのだが、そのころにまた同じような夢を見る。

すでに見慣れてしまった夢の余韻《よいん》を払うように、大吾は寝癖のついた頭を小さく振った。

そういえば、今日はきつねと会う日だ。

結界解除作戦という、大吾には訳が分からない作戦の会議を行うのだと言う。

大吾が思い返すのは、再会の日から数えて丁度二週間目、昨夜の二十三時ごろ。

二十三時といえば、早い者であればすでに眠りに就いているころである。大吾も眠たげに欠伸《あくび》をしながら、ベッドの上に漫画本を伏せようとしていた。しかし、遠慮がちに窓を叩く音が耳に入ってベッドから飛び起きた。

悪い予感しかしない。

大吾は及び腰になりながら、恐る恐るカーテンを開く。すると屋根の上には、予想通りというべきか、悪い予感が的中したというべきか、少女——きつねが腕を組んで立っていた。

大吾は一瞬、呆れたような顔で固まってしまったが、何も見ていないふりでカーテンを閉め直す。

「今、絶対私に気づいただろ！　気づかないふりをするな！　開けろ、大吾！」

きつねが喚《わめ》き、今度はバンバンと窓を叩いてきた。こん、という声が次第に大きくなっていく、例の手口と根本は一緒である。

そのままやり過ごしたい大吾であったが、窓を叩くきつねはしつこい。大吾はため息をつくと、観念して再び窓を開けた。

大きなゴーグルを首から下げ、黄色いTシャツに黒いハーフパンツ。きつねは見るからに小学生ぽい——つまり、見た目の歳相応の格好をしていた。

一つ、一般的な小学生と違う部分を挙げるならば、満月によく似た金色の瞳だろう。

「こんな夜中に何事だ」

眉間を押さえながら大吾が尋ねると、きつねはふんぞり返って言い放った。

「明日、結界解除作戦の会議をやるぞ」

「日曜くらいゆっくりさせてくれ」

あろうことか、きつねは窓から部屋に入ろうとしたので、大吾は全身で阻止。きつねは不満げに口を尖らせていたが、諦めて屋根の上で話し出した。

「平日は学校のホシューとか何とかで忙しいから駄目だと言っていたではないか」

「月火水木金土日は忙しいんだよ」

「そうだったのか。月火水木金土日は忙しいのだな。それでは別の日に……」

指を折って曜日を確かめていたきつねが、足を踏み鳴らして憤慨した。

「全部駄目ではないかッ！」

「そう、全部駄目なんだ。というか、隣の部屋で綾乃が寝ているから静かにしてくれ」

つい今まで憤慨していたきつねであったが、何かを思いついたのか、今度は一転してにやけ面で腕を組み直した。

「そうだ、美女とのでーとだと思って楽しめばいい。私は構わないぞ」

「五年後に来なさい」

そう言った大吾は五年後のきつねの姿を想像し、思わず息をのんだ。

五年も経《た》てば、高校生くらいの年頃だろうか。元々作りがいいのだから、身体《からだ》が成長すれば間違いなく美女になるだろう。長い黒髪はそのままで、膨らんだ胸、ノビノビとした身体、長い睫毛が縁取る宝石のような金の双眸《そうぼう》、桜色の唇……。よくよく想像してみると、大吾が憧れるクラスメイトの女子に似ているかもしれない。

いや、待てよ。千年生きてきて変化がないのだから、見た目は変わらないだろ。そう大吾が気づいたところで、きつねがニヤリと口元で笑みを作って目を細める。

「ほほう、五年後の私の姿で、えっちな想像をしているな」

「し、していない！」

「別にしてもいいのだぞ、ほらほら」

きつねはグラビアの中のアイドルのようなポーズをとってみせるが、見た目が小学生なので、大吾の心には響かない。むしろ、現実に引き戻された。

「僕はもう寝るぞ」

「とにかく、大吾が平日は駄目だと言うから、私は休日を待ったのだ。明日、日曜の朝八時、神社の階段前に集合。これは約束だ」

「へいへい」


――という訳で小鳥がさえずる爽やかな朝。

大吾は眠たげな目をこすりながら、昨晩のきつねとのやり取りを思い返した。

時計の針は六時五十分を指している。せっかくの日曜だというのに、何故、こんなに早起きをしなければならないのか。

大吾は冬眠から目覚めた熊のように、背を丸めてのそのそと一階の洗面所に向かった。

洗面台の蛇口を捻り、勢いよく出てきた水で顔を洗って部屋に戻る。部屋の箪笥《たんす》から服を取り出して普段着に着替えれば、準備完了である。

約束の時間の一時間前、七時にはすでに大吾は玄関の引き戸の前に立っていた。約束の時間に落ち合うには早すぎる準備であるが、余分に早起きしたのには理由がある。

「よし、逃亡作戦開始だ」

そう、大吾はきつねとの約束をすっぽかし、逃げ出すつもりだった。

願いを叶えるだの、魂を捧げるだの、作戦会議だの、まるで意味が分からない。しかも、命の危険がある結界の解除なんて、大吾にできる訳がない。

そもそも、大吾はことなかれ主義である。

大きな成功や達成感、目立つことがなかったとしても、紛争やトラブルを可能な限り避け、平穏無事に日々を過ごすことができれば、それが一番だと考えていた。

周囲の人間が右だと言えば、自分の考えとは違ったとしても、同じ方向に突き進む。

理想の自分とは違ったとしても――そんな自分を情けなく思ったとしても――いつまでも幻想を追いかける無謀を繰り返すよりはマシだと受け入れていたのだ。

その大吾の判断基準から言えば、今回のきつねの件は、最初から関わってはいけない案件だった。

この場をどうにか逃げ切って、平穏な日常を取り戻す。

スニーカーの靴紐を結び、己の信じる教訓を頭の中で繰り返し、胸を張って玄関の戸を引いた訳であるが――大吾の身体は、そのまま石のように固まってしまった。

「おはよう、大吾。迎えに来たぞ」

昨晩と同じ格好のきつねが、目の前に立っていたのだ。

大吾は反射的に戸を閉めようとした。しかし、すでにきつねの右足のつま先が戸の動きを止めていた。身動きできない戸は、行き場を失い、カタカタと情けない音を鳴らすだけである。こちらは両手を使って閉めようとしているのにものすごい力だ。

「それにしても、早すぎる外出だな。まさか逃げようとしているのではないだろうな」

いつもより低いきつねの声に、大吾は冷や汗をかきながら答える。

「まさか、そんな訳ないだろう」

「その割に全力で戸を閉めようとしているのは気のせいだろうか」

「忘れ物が……」

そう言いかけたところで、突如家の中から声が響いた。

「兄ちゃん！　日曜の朝っぱらから何やってるんだよ！」

二階から聞こえてくる妹の声に、大吾が目を見開く。焦りで口をパクパクさせ、目を見開く大吾は縁日の金魚のようで、きつねが吹き出す。

「目の玉が飛び出しそうだぞ！」

「そんなことよりヤバい！　綾乃が起きてきた！」

「忘れ物はどうした？」

「そんなに必要なものでもなかった！」

「そうか、それでは、綾乃に見つかる前に、楽しい作戦会議に出かけるとするか」

「行く行くッ！」

　という訳で、大吾の逃亡作戦は一瞬で終わった。


　外は太陽の日差しが強く、朝早いというのに、次々と汗がアスファルトの上に落ちてゆく。大吾は、気落ちと暑さのダブルパンチで、とぼとぼと足を動かすが、きつねは大吾の胸中など知らぬ顔。意気揚々《いきようよう》と腕を振って先を歩いていた。

「そういえば、大吾の両親はどこにいるのだ？　昨日も二週間前も、家の中にいる気配がなかったが……」

　大吾は微塵《みじん》も表情を動かさずに「数年前に事故で死んだ」とだけ答えた。両親のことを思い出す度に、表現しがたい痛みが胸に広がったが、それでも努めて冷静に、まるで気にしていない様子で返すのを常としていた。両親の話で、話し相手に気を遣わせたり、心配させたくないのだ。

「……そうか」

当人の大吾が気を遣ったとしても、きつねは悪いことを聞いてしまったと思ったのだろう。もしくは、大吾の胸中を想像したのかもしれない。見るからに表情が曇っていた。そんなきつねを見かねね、大吾は少しだけ声のトーンを上げる。

「それで、今日はどこに行くんだ？　動物園か？　遊園地か？」

「動物園に遊園地か、それもいいな。だが、もっといいところかもしれないぞ」

動物園や遊園地など、大吾は冗談のつもりで言ったのだが、きつねは楽しそうに頭の中で比べはじめる。元気を取り戻して欲しいと思っていたので、ある意味で成功といえるのであろうが。

「……何をする気なんだ？」

「ついてくれば分かる」

自信満々の表情で断言したきつねであったが、着いた場所は商店街に入って直ぐの、静かな喫茶店であった。

外の灼熱を忘れさせるような、空調がよく利いた喫茶店の四人用の角席。きつねは奥の席に腰を下ろし、アイスティーを頼んだ。

「ところで大吾。お前は猫が怖くないのか？」

意図が分からない質問に、大吾は首を傾げる。

「まったく怖くないぞ」

「本当か……。まだ知らないのであれば、忠告しておくが、猫は怖ろしいのだぞ。私が以前……」

会話の内容は作戦会議というよりは世間話ばかりで、きつねが過去に出会った化け猫の怖ろしさや、遠征した河原で見つけた綺麗な石の話が続いた。

ついていけば分かるという話であったが、喫茶店に入って話をしてみても、一向に本題に入らない。大吾はきつねの話にうなずきながらも、この状況に戸惑いを隠せずにいた。

きつねの饒舌《じょうぜつ》は延々と続き、小一時間が経っても終わる気配がなかった。

ようやく世間話の区切りがつき、喫茶店を出ると、二人との再会を歓迎するように灼熱の太陽がきらめいた。きつねは眩しそうに空を見上げる。

「たくさん話してお腹が空いたな」

大吾も釣られて空を見上げ、眩しそうな顔で答える。

「そうだな」

「お昼にしよう！」

「え？」

「その反応は何だ。作戦会議はまだまだこれからだ」

機嫌よく歩くきつねとは対照的に、大吾は肩を落とした。

お昼は街中のファミレスで済ませ、午後はこれまたきつねの提案で漫画ミュージアムに足を運んだのだが……。きつねはやはり作戦会議のことなど忘れてしまったかのように、漫画家たちのサイン色紙を眺め、感嘆の声を漏らすだけである。

「ここに結界解除のヒントがあるのか？」

きつねは「何のことだ？」と言い出しそうな顔で、たっぷり三秒ほどキョトンと大吾を見上げていた。が、ようやく大吾の尋ねている意味を理解したのか「そ、そうに決まっているだろう！」と口を尖らせる。

本来の目的など完全に忘れ去っていたのだろう。施設内のカフェで買ったソフトクリームと、口元についた白いクリームが、一層説得力を失わせていた。

「本気で結界を壊す気なのか？」

今日の様子を見ると、きつねが本気でない気がしてきて、大吾は思わず聞いてしまった。

きつねは口元に持っていっていたソフトクリームを下げ、大吾を見上げた。

「本気だ。私はあの場所を守るためであれば何でもする」

その真っ直《ます》ぐな瞳は、冗談を言っているようには見えない。しかし、きつねが真剣な瞳を向けたのは一瞬だけで、直ぐにいつもの無邪気な様子に戻ってしまった。

大吾はため息をつき「僕は帰るぞ」と踵を返しかける。

「待て！　大吾、これからだ！　これから焼き討ちだけでは終わらない、恐怖と絶望に彩られた、残虐で凄惨《せいさん》な神主の子暗殺計画を綿密に練り込むことになる！　しかし、焦ってはいけない。水族館でマンボウやサンショウウオを見るまでは待ってくれ！」

「待ってくれと言われても……」

「焦ってはことを仕損じるぞ！」

「念押しで聞いておくけれど、結界を壊すのは本気なんだな？」

「ああ、本気だッ！　場合によっては神主の子とも戦う！」

元気いっぱい、笑顔で戦うことを肯定するきつねであるが、大吾は「それはそれで帰りたいのだけれど」と抗議しそうになる。

しかし、大吾は喉元まで上ってきた言葉を寸前で飲み込んだ。

小動物のようにアチラコチラを走り回り、珍しいものや楽しい出来事に頬をほころばせているきつねの姿を見ていると、最後までつき合わなければならない気がしてきたのだ。

大吾はきつねの口元についたクリームをぬぐってやろうとハンカチを取り出したが、きつねは手で制し、自分のハンカチでぬぐった。子供扱いされるのが嫌なのだろう。大吾はどう見ても子供にしか見えないきつねの後ろ姿を見て、呆れながらも、笑みを浮かべた。

漫画ミュージアムで、きつねと好きな漫画家がかぶり、話が盛り上がったころには、大吾も「せっかくだから楽しもう」と気持ちを切り替えていたほどだ。

その後は水族館を訪ね、一番の目的であったサンショウウオを堪能《たんのう》した。きつねもご満悦の様子で、満面の笑みを浮かべながら、これまでに見た珍しい魚について語っていた。

水族館内のパン屋では、きつねがサンショウウオの形をしたパンを興味深そうに眺めていたので、大吾は同じものを二個買って一つを渡す。

「サンショウウオはすごいな！　パンになってもうまいぞ！」

大吾はきつねの様子に苦笑しながら、小さな娘を持った父親の気持ちはこういうものなのだろうか、と想像するのであった。


夕陽が染め上げる参道の前。

かくして、大吾ときつねの楽しい一日が終わろうとしている訳であるが、一日の出来事を端から振り返ってみても、結界解除に関わる作戦は何も行われていない。

喫茶店できつねの話を聞いたり、珍しい漫画やサイン色紙を眺めたり、ソフトクリームを買わされたり、水族館でサンショウウオを見たり。

今日の出来事は、一体何だったのか？　何のために今日一日つき合わされたのか。首を傾げる大吾であったが、橙色の中で満足そうに笑うきつねを見ていると、許せる気持ちになるから不思議だ。

きつねが立ち止まり、振り返った。大吾は夕陽の眩しさに目を細める。

「次会うのは作戦の決行日だな。日時は追って連絡する。頼んだぞ、大吾」

大吾の口が勝手に開き、立ち去ろうとするきつねの背に言葉をかけていた。

「また今度」

きつねは振り返ると、寂しそうに口元だけで笑った。子供には真似できない、複雑な表情を見せられると、大吾もきつねの千歳を実感せざるを得ない。大吾はきつねが妖怪である事実や、千年を生きているという話を、受け止めはじめていた。そうでなければ、説明できないことが多すぎた。

「今度、か。次があるというのは、これほどまでに胸が躍るものなのだな」

明日でも明後日でも——とまではいかなくとも、きつねが望めば、たまには相手をしてやってもいいと大吾は思っていた。まさか戦争に赴《おもむ》く恋人という訳でもないのに、ここまで別れを惜しみ、次を楽しみにされてしまうとは。大吾は肩をすくめ、苦笑いを返した。

「大げさだ」

「くくく。大吾、これはな、大げさではないのだ。明日どころか、今日別れた後も、何が起こるのか分からない。もしかしたら、今日を境《さかい》に私たちは二度と会えないかもしれないのだ。だから、一日一日、一瞬一瞬を大切にしなければならない」

千年という長い歳月を生き続けている妖怪は、最早時間の概念など忘れていそうだと思っていたので、大吾にとっては意外な忠告だった。

しかし、大吾は無意識のうちに「そうだな」と返していた。そうせざるを得ないほど、妙な説得力があった。きつねの実感が伴った言葉だからかもしれないし、夕陽の橙が作る幻想的な雰囲気が、そう感じさせたのかもしれない。

湿っぽい別れが嫌なのか、きつねが左右の犬歯を出してニッコリ笑う。

「またな！」

きつねは手を振って別れの挨拶を告げると、神社へ伸びる石段を一個跳ばしで駆け上がって行った。きつねの背が小さくなっていき、見えなくなったところで大吾は歩き出す。

大吾が家の灯りを見かけるころには、すでに辺りは暗くなっていた。

見上げた空に浮かぶ月は温かな光を放つ。

その月は欠けてしまっているものの、やはりきつねの瞳のようで、大吾の頭の中に、別れ際の言葉が思い浮かぶ。大吾は思う。

僕は一日一日を、一瞬一瞬を大切に生きているだろうか。全力で生きているだろうか。

きつねは変なやつだし、何を考えているのか分からないが、自分に自信をもって、真っ直ぐに生きている。

仮に「全力で生きているか？」と問えば、間髪入れずに「当然だろう」と笑うだろう。

そんな気がした。そんなきつねの顔が、浮かんだ。

大吾は今日一日の出来事を噛みしめるように、夜蝉が鳴く道をゆらりと進んだ。

第三章　後輩きつねと憧れの女子

立ち上がり、振り向き、歩く度になびく長い黒髪。

セーラー服に包まれた長身で細い身体に、姿勢のよい凛《りん》とした佇まい。楽しいことは静かに笑い、よくうなずいて人の話を聴く。

品のいいその女子は、大吾が想いを寄せるクラスメイトの菊田《きくた》あかりである。

今日の彼女は普段のように髪を下ろさず、後頭部の高い位置で結っているが、その髪型も少々吊りあがった気の強そうな眉によく似合う。いや、ショートヘアであろうと、ロングヘアであろうと、ツインテールであろうと、彼女には似合うだろう。そうに決まっている。さすが二年三組のアイドル。

そんなことを思いながら、大吾は数学の教科書とノートを机の中に突っ込んだ。

見れば見るほど動悸《どうき》が激しくなり、熱っぽくなってしまうので、もういっそのこと、彼女の姿は視界に入れてはならないと大吾は心に決めていた。高嶺《たかね》の花という言葉があるが、大吾から見た菊田は、高嶺すぎて見ることができない花なのである。

しかし今日の、髪を後ろで一つにまとめたことで見え隠れする白いうなじは、大吾の視線を誘い、目に止めさせてしまっていた。

雪原に咲く小さな花を見つけたときのような感動的な光景は、大吾の全身を感激で揺らし、心臓の鼓動をドクドクと速める。こりゃもうあきまへん我慢できまへんわと、休み時間に入るとともに立ち上がり、教室から逃げ出そうとした大吾であるが、立ち上がって顔を上げた瞬間、予想外の出来事に鳥肌が立った。

大吾がうつむいている間に、菊田あかりが目の前に立っていたのだ。

大吾の至近距離でぷっくりとした唇が開かれ、穏やかな音の羅列《られつ》が広がる。と、同時に爽やかな柑橘《かんきつ》の香りが大吾の鼻腔《びこう》をくすぐるのを感じた。

「古町くん、あなたに話があるの。屋上まで一緒に来てもらえる？」

「無理」

あまりに突然の出来事で、大吾は反射的に答えてしまった。真っ直ぐ貫くような菊田の視線が恥ずかしく、うつむき、髪をイジる大吾だったが、外見とは裏腹に、うぉおお、何で無理なんて言ってしまったんだ、と内心は爆発寸前であった。

「何で菊田さんが古町なんかに話しかけてるの？」

「うわー！　あかりさん、まさか古町に気があるんじゃ……」

という野次馬の声が耳に入り、大吾は菊田の表情を確認したくなる。

大吾は気づかれぬよう、控えめにチラリと様子をうかがったが、彼女の表情は変わらず、小さくため息をつくだけで、その感情を読み取ることはできなかった。黙っている大吾を促すように、菊田は再度口を開いた。

「行こう、屋上に」

混乱しすぎていて、頭の中の整理が追いつかない。直視すらできない憧れの女子に屋上に誘われるなど、光栄ではあるものの、五分と持たずボロを出すだろう。また何か失礼なことをしてしまう。そう考えた大吾は「難しい」と断ることにした。

「ぶすがしぃです」

「ブスが死ね death……！」

菊田が、大吾の返答を繰り返す。菊田の復唱を頭の中で反芻《はんすう》した大吾は、全身の血が足元まで一斉に下りていくのを感じた。

噛んだ。五分どころか、五秒すら持たなかった。

盛大な言い違いと聞き違いにより、大吾は大好きな女子を、大勢のクラスメイトの前で罵《ののし》ったことになってしまった。

直ぐに「言い間違えた」と打ち消せばいいのに、大吾は気持ちを整理できず、突っ立っているだけである。「大吾の野郎、学校一の美少女をふりやがった」「最低」というヒソヒソ話も耳に入らず、冷や汗をかきながらただただ固まり続ける。

「英語を交えて、死ね、を重ねているあたり、私のことが相当嫌いなのね……」

「死ね」という言葉にはさすがに動揺しているのか、普段「凛としている」と評される菊田も、片眉をピクリと上下させ、僅かに後ずさりしている。

高嶺の花が、何故、高嶺から飛び降りて、大吾に話しかけているのかは分からないが、何らかの目的があるのは間違いない。菊田は引き下がらず、言葉を続ける。

「私のことが嫌いなら嫌いでも構わないわ……。でも、私は古町くんに話さなければならないことがあるの……。補習が終わったら、屋上で待ってるから」

清く正しく美しい菊田の背が、やや気落ちして見えるのは、気のせいではない。

言い違い、聞き違いとはいえ、ほぼ初めての会話で修復不能な状態まで関係が崩壊した。それでもなお話したいこと、というのにクラスメイトは興味を持っていたが、当人となる大吾にとっては、それどころの話ではない。

何故、好意を寄せている人に限って、自分でも制御できない、想像の斜め上をいく行動を取ってしまうのだろうか。大吾は混乱と悲しみを胸に、男子トイレに飛び込んだ。

その日の休み時間、新校舎三階の男子トイレから、男の咽び泣く声が聞こえたという噂は、人づてに脚色され、妖怪七不思議の一つ「トイレの太郎さん」として語り継がれることとなる。散りゆく初恋の味は、大吾を大人の男へ成長させる妙薬となるか。南無三。

夏休み中に実施される補習は、午前で終わることもあれば、昼過ぎに終わることもある。今日の補習は午前で終わったので、ちょうどお昼の時間。大吾は屋上のドアの前に立っていた。

大吾の通う高校の校舎は、昭和初期からの長い歴史をその身に刻んでおり、屋上に出るドアも例外ではない。単刀直入に表現すれば、古い。

しかも、屋上へ続く狭い通路には窓がなく、小さなドア窓からこぼれる光はやけに頼りない。大吾は暗がりに似合う、冴えない顔で突っ立っていた。

何度も引き返そうとしつつ、ようやくたどり着いたドアの前であったが、大吾の足は棒のように固まっていた。ドアの先に憧れの女性が立っているのを想像した途端、緊張で身体が動かなくなってしまったのだ。目の前にあるのは軽いドアであるが、今の大吾には重厚な要塞《ようさい》の扉に見える。重々しい空気が漂《ただよ》い、もはやドアノブに手をかけることすらできない。

では、それだけ臆病な大吾の足を、屋上へ導いた原動力は何だったのか。

それは「期待」である。

異性から屋上へ来いと言われたのだ。決闘でなければ、その理由は必然的に絞られてくる。

告白――。

大吾は自らの喉が鳴る音を聞いた。

学内一の美女であり、高嶺すぎて見ることすら叶わなかった憧れの女性から告白される。

その瞬間を妄想し、緊張していたはずの大吾の頬が少しだけ緩んだ。桃色パラダイスな高校生活の妄想を頼りに、勢いそのまま屋上に出ようとドアノブに手をかける。しかし、ドアノブを回す寸前で、別の妄想が大吾の頭を過《よぎ》る。

本当に告白なんてことがあるのだろうか？

あれだけの失言の後で、告白などされる訳がない。言い間違いとはいえ、「死ね」とまで言っているのだ。それでは残る選択肢は何か？

決闘しかないじゃないか。

大吾は咄嗟《とっさ》にドアノブから手を離し、深いため息をついた。

思い返せば、ここ数週間、ため息をついてばかりだ。きつねのことといい、ろくなことがない。

いっそのこと、このまま忘れたふりをして帰ってもいいのではないだろうか。どうするべきか、もう一度端から考え直そうとしたところで、屋上のドアが勝手に開いた。

「うわッ！」

「やっぱり」

目の前には、眉を寄せた菊田が立っていた。

立てば芍薬《しゃくやく》、座れば牡丹《ぼたん》、歩く姿は百合の花。ことわざを全身で体現する少女が、強引に大吾の手を取る。大吾は「うおッ」と情けない声を漏らし、顔を真っ赤に染める。

「私のこと、嫌いかもしれないけれど、重要な話だから聞いて」

大吾は手を引かれ、屋上に連れ出された。

ドアをくぐった瞬間、太陽の光が眩しく光り、大吾は目をつぶる。瞼の裏に熱を感じ、恐る恐る目を開けると、菊田の背に広がる青が、低い太陽の光が目の前に広がっていた。

「誰もいないところで話したかったの」

離された手を寂しそうに見つめる大吾へ、菊田が真剣な眼差《まなざ》しを向ける。

漫画や映画のパターンから考えると告白だろうか。しかし、その鋭い目つきを見ていると、やはり決闘ではないかと思わずにはいられない。それだけの気迫が彼女からは放たれていた。

「あの……」

屋上の空気が張り詰める中、菊田が唇を開こうとしたそのとき――。

「死ねぇえええええッ！」

会話を遮《さえぎ》るように、突然の声が天から降り注いだ。

二人が空を見上げると、逆光で黒く塗りつぶされた人間の影が、長い刀を振り上げ、菊田目がけて落ちてきていた。

「来たわね」

小さくつぶやいた菊田は、屋上の床に置いていた細長い布袋を掴《つか》むと、その中から刀を取り出した。コスプレ道具には見えない鋭い切っ先が円を描き、天からの襲撃を防ぐ。大吾は人間の影を見上げて叫ぶ。

「きつね！」

落ちてきたのはきつねだった。きつねは低い姿勢で衝撃を抑え、地面に手をついた。きつねの持つ刀の刃は半分のところで折れ、折れた刃が回転しながら大吾の頬を掠《かす》める。

「ふひッ」

思わず大吾の口から情けない声が漏れる。痛みは感じなかったが、頬を撫でるとぬるりとした感触があり、指先で赤く光っていた。

「殺す気か！」

さすがに悪いと思ったのか、きつねもハッとした表情で、大吾を心配していた。そんな様子を見た菊田が、怪訝な表情で尋ねる。

「知り合い……なの？」

「いや、その、知り合いというか……」

菊田が目を見開き、大吾を見る。が、大吾は気まずそうに言葉を濁すだけ。

菊田は空からの襲撃者に視線を戻す。

菊田の構えは、急所を隠すように横向きになり、右足を後ろに下げた脇構え。刀は低い位置で構えられていた。対するきつねは、真正面に刀を据えた正眼の構えである。

「きつね、どういうことか説明してくれッ！」

きつねは真剣な表情こそ崩さないものの、呆れた声音で大吾に答えた。

「大吾、お前は知っていてこやつを誘ったのだと思ったがな。目の前の女子が憎き神主の娘にして、結界を張った真の力を持つ者だ。知らなかったということは……さては色香に惑《まど》わされて誘い込まれたな。阿呆め」

阿呆と罵られた大吾であるが、あながち間違いではないので言い返せない。

それにしても、菊田が神社の娘であり、ご近所様だったとは——長年とは言わずとも、今の家に住みはじめて一年や二年ではないので、大吾の衝撃も計り知れない。

菊田は剣道部に所属しているため、帰宅部の大吾とは下校の時間が重ならず、ほとんど見かけることがなかった。その上、街で見かけたとしても、まるでストーキングしているように感じ、歩く速度を落としたり、寄り道をして距離を置いたり——よくよく考えれば、逆に意識しすぎでであるが、距離を取っていた。そういえば、神社を見に行ったのも数回程度で、そこで見かけなければ出会うチャンスはない。灯台下暗しとは、まさにこのことである。

「古町くん、私が話したかったのは、君から微《かす》かに妖力を感じたからよ。なにか悪いものに憑《つ》かれてるんじゃないかって思ったの。まさか憑かれてるんじゃなくて、グルだったとは思わなかったけれど……」

菊田は大きな目を半分閉じた。冷たい視線が大吾に注がれる。

「いやいやグルじゃなくて、こいつが勝手に……」

大吾の言葉を遮るようにきつねが声を張り上げる。

「そうだ、大吾は私の奴隷《どれい》で、お前の神社を火あぶりにする相棒だ！」

冗談だったはずの神社炎上を、何故、本人に伝えるのか。まるで嫌われるためにやっているようなきつねの過剰な行動に、大吾も頭を抱えずにはいられない。

「だから、さっき私に死ねって……丁寧に英語まで織り交ぜて二回も言い放ったのね……」

冷たい視線の温度が更に下がる。

「誤解ッ！」

「しかも、こんなに幼い妖怪の奴隷になるなんて……」

最早、絶対零度となってしまった眼差しが、大吾の心臓を貫いた。どうやら何を言っても無駄らしい。大吾は覚悟を決め、二人の勝負の行く末を見守ることにした。

「というか、お前、天叢雲剣《あまのむらくものつるぎ》は卑怯じゃないか？　それ、神体だろう」

声を荒げるきつねに、菊田は冷めた視線を送る。

「あなた、名前を持ち出したくせに天叢雲剣を見たことがないの？　天叢雲剣は私なんかが持ち出せるものではないし、古代の剣だから近代の日本刀とは異なる形をしているわ」

きつねは、菊田の冷たい視線や言葉にも動じない。フンと鼻で息をして答えた。

「刀の姿など、溶かして打ち直せば変わるもの。しかし、それだけの力を放つ刀は限られている。私が知る限りでは、それが天叢雲剣だ」

「これは無名刀よ。私が鍛え上げただけ」

予想外の返答なのか。きつねが珍しく戸惑った表情を見せる。

「ぐぬ、自身で鍛えてそれだけの力をまとうとは……。ここ数百年の逸材が、宿敵として現れたということか……仕方がない」

きつねは悔しそうに刀を消すと、菊田に向かって手のひらを見せた。

その様子を見て、大吾が目を剥《む》く。

「ちょ、まさか、きつね！」

「そう、狐火だッ！」

さすがに火はマズいと思い、菊田を守るために大吾は駆け出すが、時すでに遅し。きつねの手のひらから生まれた狐火は、菊田の肩にまとわりつき、低い音を鳴らして燃え盛っていた。炎が煙を上げ、一瞬で袖口を灰に変える。

「きゃッ！」

大吾は反射的に閉じてしまった目を恐る恐る開いた――が、予想外なことに、燃えているのは菊田の「服」だけであった。

「あれ？　あんまり……熱くないわね。というか、全然熱くない」

狐火が燃やしたのは、菊田の制服の袖口だけであった。生じた炎は一見派手であるが、消火をする必要すらなく、直ぐに消えた。

「くくく。私の狐火は不完全でな。服しか燃えない」

きつねの能力は不完全なものばかりだったし、狐火もマジックかと問われて否定はしなかったが、まさか、そういうことだったのか……。大吾は安堵の息をつく。

「それなら！」

菊田は次の一手を繰り出そうとしたが、きつねは菊田がひるんだ隙を突き、鳥に化けて、その場から飛び立っていた。大吾の心の中では、憧れの人に怪我がなくてよかったという安堵の気持ちと、どうせならもっと服を燃やして欲しかったという邪念が戦っていたが、何とか前者の気持ちが競り勝ってくれた。

燃えたのは袖口だけとはいえ、そのまま外を出歩かせる訳にはいかない。着替えが必要だろうと判断し、大吾は自ら菊田のジャージを取りに行くと申し出た。

「私を陥れようとしていた訳じゃないのね」

ジャージを受け取る際に小さく「ありがとう」と返したあたり、少しは疑いを払拭できたのかもしれない。

「そんなことをする訳がないよ」

大吾は困ったように眉を八の字にし、そう返すしかない。

しかし、どうして、こうも誤解は解けないのだろうか。むしろ、悪化し続けているように思える。教室での会話が原因の一端であろうが、これではドミノ倒しもいいところだ。

相手が好きな人だからか、大吾は落胆を感じずにはいられない。

話の続きがあるとのことだったので、大吾は教室で先に待っていることを告げ、屋上を後にした。その扉は、やはり――重い。


それから数分後。

大吾と菊田の二人は、屋上から自分たちの教室へ移動していた。放課後の誰もいない教室は、いくつかの窓が開け放たれ、赤橙色の光が差し込んでいる。

学校指定のジャージに着替えた菊田は、黒板中央前から数えて二席目に座り、大吾は一つ飛び後ろの自分の席に座っていた。

「どういうことか説明してもらえるかしら」

菊田は普段、あまり感情を表に出すことがないが、今日に限っては感情を抑えきれない様子だった。語尾の棘《とげ》に気圧されながらも、大吾は言葉を捻り出す。

「その……話の前に、一言、謝りたい」

「何？」

明らかに苛立《いらだ》っている菊田にショックを受けつつも、大吾は弁解した。

「ブスって言ったやつ……あれは噛んだだけであって、僕は菊田さんがブスとか……死ねとか思っていない。むしろ、ほら、美人だと思っているし」

否定するだけのつもりが、美人という単語まで出してしまった大吾は、耳まで真っ赤になっていた。うつむいた頭が机につきそうである。

「……そう」

菊田のほうも照れくさそうに赤い頬を掻き、一時うつむく。しかし直ぐに咳払いをし、話を本題に戻した。

「それじゃあ、その件は忘れる。でも、私が聞きたいのはそっちじゃないわ。さっきの妖怪のことよ」

妖怪――きつねのことだ。大吾はきつねの姿を思い浮かべ、説明をしようとしたが、うまく言葉を捻り出すことができない。大吾にとっても、きつねは出会ったばかりで、未だに何を考えているのか、よく分からない部分が多かった。

それでも、菊田がいつまでも返答を待ってくれる訳ではない。大吾は考えを整理できないまま、言葉を紡いだ。

「あいつは、きつねっていって、その……妖怪、らしいけど……祭りの日に出会って、いつの間にか結界を壊す共犯者にさせられそうになったんだ。まさか菊田さんが神社の家の娘だなんて知らなかったし、こんなことになるなんて……」

大吾は顔を上げた。机を一個挟んだ先に菊田の顔がある。いつもであれば気圧されて目を逸らす大吾であったが、この時に限っては負けじと見据える。

「あいつは……そりゃ口は悪いし、めちゃくちゃな性格だけれど、見た通りまだまだ子供だし、できれば結界を解いてやって欲しい」

厄介事には首を突っ込まない、と信念を立てて生きてきた大吾なので「何故、きつねのことを弁解しているのだろうか」と自分でも不思議に思ったが、言葉が止まらなかった。考えがまとまらなかったからこそ、感情が先行しているのかもしれない。それでは、どのような感情が先行したのか。考える暇もなく、菊田が言葉を返す。

「私もそうしたいけれど、人間に刃を向ける妖怪を放っておくことはできないわ。それに……」

そこまで言って菊田は言葉を詰まらせる。

黙っておくか、そのまま話すべきか、僅かな迷いが、菊田の唇を開いたままにした。

しかし、視線を逸らさない大吾に何かを感じ取ったのか、菊田は言葉を続けた。

「結界を作ったのには理由があるの」

「理由？」

「百鬼夜行《ひゃっきやこう》、って知ってる？」

「言葉だけは」

図書館で夢の映像について調べている際に、妖怪に関する絵巻物の資料を目にしたことを思い出す。百鬼夜行そのものについて調べていた訳ではないので、鮮明には思い出せないが、鬼や河童《かっぱ》など、様々な妖怪が列を作って歩いている様が思い浮かんだ。

「百鬼夜行は一つ目、骸骨の妖怪たちが行列を作って移動することを指すわ。見たら死ぬなんていうのも大げさ。見た人が死んでいたら文献にも残らないでしょうからね」

結界の話から百鬼夜行に話が飛んだため、大吾は混乱した表情で尋ねる。

「その百鬼夜行が結界とどう関係あるんだ？」

「東京に住む親戚の神主から知らせがあったの。見たことがない妖怪の大群が、北から下りて来て、京都の方角に向かっているって。その妖力の流れを調べた結果、妖怪の群れは、私の住む神社を通過する可能性が高いことが分かったわ」

「それで、結界を……」

納得しかけていた大吾であったが、菊田は目をつぶって首を振った。

「いえ、不幸中の幸いと言うべきか、結界は既に一か月前に完成していたわ。神社の裏を住みかにしていたきつねにとっては、災難だったかもしれないけれど。でも、妖怪が通る可能性がある以上、時間をかけて張った結界は、解くことができないってことよ」

「そういうことか」

「霊力や妖力を持っていない人間であれば、百鬼夜行を見ることはできないし、被害が出たとしても、自然災害だとか神隠しとかで片づけられてしまう。でも、私は原因がはっきりとこの目に見えてしまう。私は私の身を守るため、結界を解くことができない」

菊田の真に迫る表情に、大吾も息をのまずにはいられない。菊田も本気なのだろう。霊力だの、妖力だの、妖怪だの――普通の人間であれば、簡単には事情を飲み込めなかったかもしれないが、大吾はきつねの件もあったからか、飲み込みが早い。菊田の話を聞きながら、頭の中で状況を整理していった。

「仮に古町くんが反対したとしても、私はきつねを退治するし、結界を解く気もないから。明後日――」

菊田が机に手をついて立ち上がる。

「明後日の夕刻、私の力が最大に高まる日に、きつねとの決着をつける。古町くんは、邪魔をしないで」

刀を入れた袋を背負った菊田は、髪を揺らしながら歩き、教室の戸を引いた。ジャージ姿であっても、凛とした歩き姿は変わらない。

「古町くんも早く帰ったほうがいいわ。さっき戦ったせいでこの学校には妖気が満ちている。あなたもそこそこ力があるみたいだし、妖怪が集まって来たら怪我じゃ済まないかもよ」

「あ、ああ、そうだな」

と返答したものの、大吾は直ぐには立ち上がることができなかった。

きつねと菊田の対決が、まさかそこまで真剣なものだとは思っていなかったからだ。きつねの様子を見ていた限りでは、深刻なことにはならないだろう、と楽観的に捉えていた。

机と椅子が整列する静かな教室で、大吾は金色の瞳の少女のことを思い返す。

悪ガキ特有の、腹の立つニヤけ顔、真っ赤になって怒る顔、口を尖らせて拗《す》ねる顔、勢いあまってちゃぶ台に足を載せた際のドヤ顔は、千年生きているとは思えない幼いもので。

迷惑をかけられたし、腹が立つ部分もある。それでも、そうした部分も含めて、まるで昔の妹を見ているみたいだったたし、ほほ笑ましく感じる部分もあった。それに、迷惑をかけられたからこそ、言い足りないこともある。

菊田の妖力が高まる明後日——仮にきつねが菊田に退治されてしまったら、あのムカつく顔も見られなくなるのだろうか。言いたいことも言えなくなるのだろうか。

きつねが悪い妖怪なのであれば、退治されたほうがいい。

しかし、本当にそうなのだろうか。あんな子供の妖怪を退治して、それで問題は解決なのだろうか。

大吾はきつねの言っていた「真《しん》」と「偽《ぎ》」の話を思い出す。

きつねは「真に《まこと》」退治されるべき存在なのか……。

しかし、仮に退治されるべきでなかったとしても、僕に何ができるのか。

どうせ物語の主人公になどなれる訳がない。僕に出る幕などない。

大吾が窓の外を見ると、黒紫の空に月がぶら下がっていた。

その月は、きつねの瞳が半分欠けてしまったような形で。

このまま日が経てば、月は見えなくなってしまう。

湿った風が、教室のカーテンを順々に揺らす。

通り抜けた風に催促されるように、大吾は椅子を引いた。


次の日も例外でなく、大吾は夏の補習に出ていた。

補習は強制参加ではなかったが、多くの生徒が出席しているので、大吾もそれに倣《なら》った。

大吾は大多数の判断や意見を気にする。物事の判断基準は、より大きな流れはどちらなのか。大きな流れに逆らわず、荒波を立てず、自身の主張を押し殺してでも、大多数の流れる方向へ身を任せる。

出る杭は打たれる。

長い物には巻かれろ。

キジも鳴かずば撃たれまい。

大多数と同じようなテレビを見て、大多数と同じような趣味を持って、大多数と同じような考え方、行動をしていれば、つまはじきにされて嫌な思いをしないで済む。嫌な思いをするくらいだったら、自分の考えなど殺して愛想笑いを浮かべているほうがいい。それこそが平穏な日々を送る秘訣《ひけつ》であり、大吾の選んだ生き方だった。

午前の補習。教壇に立つ教師が、テスト範囲を書き終えてチョークを置いた。中島敦《なかじまあつし》の『山月記《さんげつき》』や夏目漱石《なつめそうせき》の『こころ』などの題名が、神経質な字で並んでいる。

角刈り頭にジャージ姿のこの現代国語の教師は、いつ見ても体育の教師にしか見えない。学校行事で訪れた保護者に「体育の鈴木《すずき》先生ですか？　いつもお世話になっています」と間違われる場面もしばしば見受けられるそうで、そりゃ間違えるよな、と大吾はうなずく。

それでも見た目を変えようとしないのは、彼にとって角刈りとジャージがアイデンティティーなのかもしれない。

「お前ら、本読めよ、本。別にテスト範囲に出る本じゃなくていいから、気に入る本を探せ。あのとき本を読んでおけばよかったって、後悔しても知らねぇからな」

現代国語の教師は、いつも繰り返している台詞を残し、教室を出て行った。何度も繰り返すその言葉は、教室の中の誰かの心に響いているのだろうか。教師が忠告するように、将来、後悔することなのだろうか。見た目からすれば、本など読んだことがなさそうだし、もしかしたら、教師自身が後悔したことなのかもしれない。教え子たちには同じ後悔を繰り返して欲しくないのだろうか。クラスで本の話題などほとんど出ない現状において、大吾の選択肢は決まっているが、そんなことをぼんやりと考えていた。

教師の姿が見えなくなると同時に、教室内がざわめき出す。今日は午後も補習がある日なので、昼食の時間だ。

大吾は教科書を机の中に突っ込み、カバンの中からサンドイッチを取り出した。

いつもは友人と昼食をとるのだが、あいにく友人は、補習ではなく夏をエンジョイする道を選んでいた。

補習に参加している生徒は全体の六割。五割を切っていれば、大吾は補習を休んでいただろう。どこまでいっても、大きな流れを、周囲の目を気にする男なのだ。

大吾はサンドイッチの包みを開け、一つつまんで頬張ろうとしたが、かぶりつく前に手を止める。

「隣に座らせてもらうわよ」

そう声をかけながら、菊田が大吾の右隣の席に座ったのだ。

教室のざわめきが多少大きくなったのは、気のせいではないだろう。大吾にとって菊田から話しかけられるのは二度目であったが、慣れることはない。

「な、何で?」

大吾は明らかに動揺していたが、菊田は気にしない。弁当の包みを広げながら、すまし顔で淡々と説明する。

「この席の男子は補習を休んでいるでしょ。私がこの席でご飯を食べたとしても、誰も迷惑しないわ。それよりも、例の話を聞いておこうと思って」

例の話、とはきつねのことだろう。

「そ、そういうことか……」

大吾も想像していた返答ではあったが、やや気落ちしてしまうのは、妙な期待を抱いた証拠である。しかし、気落ちしていたのも束の間、あろうことか、菊田は大吾の机に自分の机を寄せて引っつけてきた。クラスメイトにこれからする話が漏れないようにしているだけであろうが、周囲からすれば、菊田が大吾に猛アタックしているように見えなくもない。

実際、大吾の耳にも入ってしまうほど、ヒソヒソ話の音量は大きくなっていた。

菊田の積極的な行動に、嬉しさと興奮で動悸が激しくなる反面、目立ちたくない気持ちも大きくなってゆく。大吾はうつむき、恥ずかしさを隠すかのように急いでサンドイッチにかぶりついた。

「それで、古町くんは……」

大吾は顔を上げて右隣を見る。その瞬間——。

菊田の方向に向かって、大吾は口に含んでいたサンドイッチを盛大に吹いてしまった。

「……」

レタスや卵が頬に張りついた菊田は、無言で大吾を見つめる。

このような状況で冷静さを保てる人間など、もはや悟りを開いていてもおかしくはないが、菊田も人の子。不機嫌そうに眉が動いたのは、大吾の気のせいではないだろう。

無言の圧力に、大吾は必死になって弁解する。

「ほ、ほら、あれ!」

大吾は菊田の後ろ、教室の戸を指さした。菊田が頬にレタスをつけたまま、教室の戸を振り返る。

教室の戸の前には、何と中等部の制服に身を包んだきつねが立っていた。

紺色と白を基調とした半袖セーラー服を着こなし、襟回りにはえんじ色のスカーフ。右側で結った髪はいつもの通りだが、スカーフと合わせたえんじ色のリボンを巻いている。目は黒いコンタクトでも入れているのか、いつもの金色ではない。

きつねは菊田の顔を見るなり笑い出した。

「ぷぷッ！　何だお前、その顔は！」

きつねの第一声に、さすがの菊田もこめかみを指で押さえていた。

そこでようやく大吾が菊田に謝罪をするが、きつねは腹を抱えて笑い続けるものだから、菊田の気も収まらない。ハンカチで頬をぬぐいながら、今にも立ち上がりそうな勢いだ。

こんなところで妖怪退治が始まったら目立つどころの話ではない。菊田ときつねの戦闘が始まらないよう、大吾が席を立った。

「何できつねがここにいるんだよ！」

しかし、きつねは制服を着ていることもあって、中等部の生徒にしか見えない。つまり、今の状況は、後輩に大声を出す恐い先輩の図ということだ。

クラスメイトが肩を寄せ合い、大吾を非難する。

「古町が一年生をイジめてる……」

「あんなにかわいい子なのに……」

「古町って目立たないやつだと思っていたけれど……」

可能な限り目立たず、ひっそりと生きていたい大吾は、周囲の目に敏感である。事態を収束させるため、平常心平常心と心でつぶやきながら静かに席に着いた。

「や、やあ、きつねじゃないか。今日はどうしたんだい？」

「先輩ッ！」

きつねは満面の笑みで、大吾の席に駆け寄った。まるで顔見知りの後輩だ。

きつねが立ち止まった瞬間、紺色のスカートと右側で束ねた髪が揺れる。

何ともワザとらしい演技と呼び方だと大吾は感じたが、普段のきつねを知らないクラスメイトには違和感があるはずもなく、むしろ、きつねのかわいらしさに椅子から転げる男子、声を上げて驚く女子もチラホラと。

高等部一番の美女と名高い菊田に加え、中等部の美少女が大吾のもとへ集まっている。

その事実に男子たちの嫉妬の視線が集まり、大吾は生きた心地がしない。

「何で学校にまで来たんだよ！」

小声で尋ねる大吾に、きつねが満面の笑みを返す。

「実は私はな、学校に行ったことがないのだ」

「答えになってないぞ！」

「先輩ッ！」

「気に入ったからといって突然大声を出すな」

唸るような大吾の横で顔をふき終えた菊田も、大吾の応援に入る。

「悪さをする気ね。今直ぐここから立ち去りなさい」

「お前たちは怒りっぽいな。いいではないか、少しくらい。けちけちー」

きつねは頬を膨らませ、拗ねたように床を蹴った。

「妖怪が学校に通うなんてありえないことよ」

「バレなければ問題ないだろう。バレたらそいつを殺せばいいし。大吾がな」

「何気に僕を巻き込むな」

きつねは、菊田の目をジッと見つめると、ニヤリと意味深に笑った。

「それに菊田あかり、お前は理由があって今日は戦いたくないのだろ？　それなら、休戦だ、休戦」

大吾はきつねの言葉を思案する。

「今日は戦いたくないのだろ？」というのは、菊田が言っていた『妖力が高まる日』が関係しているのだろう。昨日の時点で「明後日、戦う」と言っていたので、今日はうまく調子が出せない日なのかもしれない。

宗教や神事には、吉日や凶日がある。霊力や妖力も日によって左右されるのだろう。思惑が見透かされた菊田は、気に入らないのか、立ち上がって僅かに語気を荒げる。

「今直ぐ屋上で決着をつけてもいいのよ」

大吾は菊田のことを、いつも冷静ではっきりとした意志を持つ頼もしい女子、だと思っていたが、想像していたよりも、負けず嫌いな一面を持っているようだ。

そうした人間くさい部分に、菊田の新たな魅力を発見しながらも、堪能する暇などなく、大吾は充満した殺気の除去に取り掛かる。

「これだけ注目されている中で教室を出て行ったら、クラスメイトだけじゃなくて、先生の耳にも入るかもしれない。そうなると大事だ。今は止めておいたほうがいいよ。ね？」

「ほれほれ、大吾もこう言っているではないか」

べーと舌を出すきつねを前に、菊田も諦めたのか、それとも熱が冷めたのか、短く嘆息して着席した。

「仕方がないわね」

クラスメイトからは、凛としていると評され、常に冷静沈着な物腰の菊田であるが、きつねはその鋼鉄の精神ですら、かき乱してしまうらしい。ああ、妖怪恐ろしや。大吾は引き続き起こるであろう厄介事をあまり深く考えないようにし、胸中で嘆いた。

大吾の嘆きをよそに、きつねは後ろの席の欠席者の椅子を引きずると、無理やり二人の間に入って座った。きつねは自分の鞄から弁当箱を取り出し、開く。が、中はご飯ではなく駄菓子の詰め合わせだった。それを見て大吾が眉を寄せる。

「お菓子ばかり食べているのか？」

「おいしいから仕方がない」

こうしてきつねを加えた三人の奇妙な昼食が始まったのであるが、大吾は何が起こるのかとヒヤヒヤで飯など喉を通る訳がない。

「古町くんは、こういう小さな女の子が好きなのかしら？」

菊田は色とりどりのおかずを箸でつつきながら、大吾に疑いの視線を送る。周囲の温度が下がりそうな冷たい視線だ。高嶺の花と諦めていた女子と話せるのは、幸福以外の何物でもないが、どうせなら、先日の誤解も解けて欲しい。大吾は必死の形相で弁解した。

「ま、まさか！　こんなちんちくりん全然！　むしろ……」

「むしろ？」

大吾はそこまで言って「しまった」と口をつぐむ。「むしろ菊田さんが好きです」などと本人を前にして言えるはずがない。

不思議そうな顔をしている菊田とは対照的に、何かに気づいたのか、きつねは犬歯をむき出しにして「ぐぬぬ」と声をこぼす。

「大吾、お前まさか、この乳の大きな年増女が好きなのか！」

「年増女！　私はこう見えて十代です！」

こう見えて、と言っているあたり、菊田自身も年齢より上に見られている自覚があるのだろう。見た目というより、性格や雰囲気もあるのだろうが、と大吾は思った。

菊田の叱咤にきつねはフフン、と笑う。

「私と比べてみろ。ババアだババア」

「幼児に何を言われても気にならないわ」

菊田さんめちゃめちゃ気にしてる、と大吾は内心で怯《おび》えつつ、火ぶたを切った戦いを止めに入るのはナンセンス。触らぬ神に祟《たた》りなし。身を縮こませて終戦を待つしかない。

それでも、聞き役に徹しているうちに、二人のやりとりは白熱し、ようやく収まりかけていた周囲の視線も再度集まりはじめていた。

大吾は背に腹は替えられないと腹をくくり、控えめな様子で口を開く。

「ふ、二人とも落ち着いて」

「大吾は黙っていろ！」

「古町くんは黙っていて！」

息もぴったりの二人を相手に、大吾に許されているのは、最早、不覚にも最近こなれてしまった「深いため息をつくこと」だけであった。


今日の補習は十四時ほどで終わった。

通常の授業より多少早く終わるとはいえ、夏休みだと分かった上で、午後まで補習があると、さすがに疲れを覚えずにはいられない。補習を終えた大吾が廊下に出ると、きつねが窓の外を眺めているのが見えた。

「先輩ッ！」

大吾に気づいたきつねは、嬉しそうに駆け寄る。

「その呼び方、気に入っているよな」

きつねは悪戯小僧の笑みで大吾に白い歯を見せる。

「大吾、一緒に帰ろう」

断る理由もないし、せっかく待っていてくれたのだから、と大吾は首を縦に振る。

隣を歩くきつねの身体は小さかった。中学の制服を着ているものの、小学生と言われても周囲は信じるだろう。まるで幼いころの妹を見ているみたいだ、と大吾は改めて思う。

気を抜くと頭を撫でてしまいそうだ。

「なあ、大吾」

「何だ」

「お前が周囲の目を過剰に気にするのには、何か特別な理由があるのか?」

大吾は階段の途中で立ち止まっていた。

「何の……ことだ?」

大吾の驚きの表情を見たきつねは、己の考えに確信を持った。

「隠さなくてもいいだろう。よく見ていれば、気づくものだ」

「……」

確かに大吾は人の目を気にして生きてきた。他人が右を向けば、自分も右を向く。それは過去の出来事の重なりから生まれたものであり、明確に意図を持った選択であった。

しかし、そのことを口にしたことはなかったし、なるべくバレないように行動してきたつもりだった。だからこそ、大吾は気まずそうに視線を落とす。しかし、見透かされて嫌な気持ちになったというよりは、きつねの観察眼への驚きのほうが大きかった。

見直した、といえば大げさかもしれないが、さすが千年生きているだけはある。別に隠すようなことでもないので、大吾は観念したように頭を掻いた。

「下手に目立って波風を立てるよりも、皆に合わせて平穏に生きるのが一番だ。そのためにも、周囲の目は気にしておかないと。それにしても……よく気づいたな」

先に階段を下り切ったきつねが振り返る。きつねの瞳に浮かぶ色は、好奇心や驚きというよりも、困惑。

「自分自身の考えより、周囲の意見を優先するということか？」

大吾はきつねの瞳に浮かぶ、困惑の色が理解できなかった。何故なら、自分のように他者に考えを合わせる人間などごまんといるからだ。むしろ、日本ではそちらのほうが普通なのではないのだろうか。だからこそ、菊田のような自分の意志をしっかりと持ち、引っ張ってくれるような人間に憧れるのであって。大吾はきつねの困惑の意味が分からないまま答えた。

「そうだな、余程のことがない限り、自分の考えよりも、周囲の意見を優先する」

きつねはアーモンド型の瞳を大きく見開いていた。約三秒。見開いた目を細めると、独り言のようにつぶやく。

「お前は本当にダイゴなのだろうか……」

大吾は首を傾げる。本当の大吾。本当も何も、大吾は大吾である。偽物な訳がない。きつねの言葉の真意は分からないが、何故か大吾の心に引っかかった。

大吾ときつねは、校舎の玄関を出ると、炎天下の校庭を横切った。

きつねはいつも通りおしゃべりで、ここ数年で出会った希少な妖怪や、好きな漫画について身振り手振りを交えて楽しそうに語っている。気づけば、二人は神社の石段の前を通り過ぎそうになっていた。

「おっと、もう神社の前か。あっという間だな」

「きつね、菊田さんも事情があって結界を張らないといけないんだ。戦う以外の解決はないのか？」

「菊田の事情は分かっている。しかし、私だって事情があるのだ。戦いは避けられないさ」

「それじゃあ、やっぱり明日、菊田さんと戦うのか？」

「そうだな、計画を知られてしまった以上、仕方がない。大丈夫、私はあの場所を守れればそれでいい。倒す気は満々でも、殺すつもりはないさ」

きつねに殺す気がなかったとしても、菊田は――。踵を返すきつねに、しかし、大吾は何も言えなかった。

「それではまた会おう」

「ああ」

大吾はその場に立ち尽くした。きつねの背が階段の先に見えなくなっても、残像を見つめ続ける。

きつねは周囲の目をあまり気にしない。

おそらく、生きたいように生きている。

そんなきつねの姿を見ていると、自らの幼いころを思い出す。

大吾は昔、テレビや小説、漫画で活躍するヒーローに憧れていた。悪と戦い、誰かのピンチを助け、颯爽《さっそう》と去っていくヒーローたちに。男だったら誰だって一度は憧れる存在ではないだろうか。

大吾も物語の主人公に、誰かのヒーローになりたかった。

だからこそ、中学二年のとき、いじめられそうになった友人をかばった。

恐かったけれど、彼のために立ち向かわなければならないと勇気を振り絞った。震える手を拳《こぶし》に変え、弱い自分に必死に抗《あらが》った。

大吾は、それが正しいと思っていた。

しかし、現実はうまくはいかない。

いじめの標的が大吾に変わっただけであった。

靴を隠され、体操服を汚され、仲間外れにされた。それだけだったら、まだよかったかもしれない。

助けた友人がそちら側に加わったのだ。

彼に嫌がらせをされ、笑われたとき、大吾は確信した。

小説や漫画の物語は嘘っぱちで、ヒーローなんて幻想なのだ、と。

漫画やアニメで輝かしいヒーローの姿が描かれるのは、この世にヒーローがいないから。

漫画の中だけでも、理想を追いたいという大人たちの願望。それが存在しないと分かっているからこそ、描いた憧憬《しょうけい》。

目の前に横たわっているのは、残酷な現実と、遠い日に覚えた諦めだけだ。

出る杭は打たれる。

長い物には巻かれろ。

キジも鳴かずば撃たれまい。

平穏を求めて何が悪い。

殴られるのは痛い。仲間はずれや無視は傷つく。

それなのに、きつねの自由奔放な姿を目で追ってしまい、紡がれる言葉が胸に引っかかるのは何故だろうか。

大吾はきつねの言葉を思い出しながら歩き出した。

蝉の鳴き声は止まない。

大吾は思う。僕はきつねとは違う。僕はこれでいい、これでいいんだ、と。

身の丈にあった生活、何も起こらない日常を幸せだと感じていればいい。

大吾は頭の中で繰り返しながら、夕陽色に染まるアスファルトを蹴った。

第四章　百鬼夜行

背中に何かが刺さる。
二回、三回とその数は増え、その度に激痛が全身を巡る。
増殖する痛みに汗が吹き出すが、何故か声が出ない。
否、声を上げてはならない。
何故？
歯を食いしばり、額には脂汗が滲《にじ》むも、表情すら変えてはならない。
悟らせてはならない。
誰に？
考える暇もなく、次は胸が苦しくなる。
掻きむしるように心臓の位置を探るが、痛みの原因は分からない。
そうしている間にも、遠慮のない痛みが背中を這い上がる。
痛みで苦しいはずなのに、何故か妙な達成感と安堵が胸に落ちる。

その安堵は、激しい痛みさえ凌駕《りょうが》し、全身を満たしていく。

目の前は闇、痛みは闇とともに全身を這い、まるで身体が闇になってしまったようで。

まどろみ、瞼が落ちる。

何かがぺちぺちと必死に頬を叩くが、もはや瞼を開けることは叶わなかった。

ここで終わるのか。

そう覚悟した瞬間——。


「起きろ大吾ッ！」

「ぐわッ！」

大吾はきつねの声に驚いて飛び起きた。しかし、起きたばかりで寝ぼけているのか、何が起こっているのか、よく分かっていない。しばらくボケッと薄目で壁を見つめていたが、逆立った髪を掻いた後、周囲を見渡し……。

「うわぁあああぁッ！」

ようやくベッドの隣に、中学の制服に身を包んだきつねが立っていることに気がついた。

大吾は布団を蹴り、張りつく勢いで壁に背中をくっつけた。

「シッ！　また綾乃が来るぞ」

「何でここにいるんだよッ！」

「その……今日は伝えなければならないことがあるのだ」

叫ぶ大吾に、きつねは歯切れ悪く言う。何故かその手にはマゴノテが握られており、先ほどまで頬が叩かれていた感触は「それか」と大吾は悟る。窓の外は快晴らしく、カーテンの隙間から光がこぼれている。時計を見ると十時を回っていた。大吾は今日が決戦の日であることを思い出し、きつねの来訪に納得した。

「休みの日だし、起きるのを待とうと思ったのだが、うなされていたのでな」

「うなされていた？」

「ああ。怖い夢でも見たのか？」

珍しく、きつねは心配しているようだった。眉を下げ、スカートの裾を握っている。

確かに大吾は夢を見た。幼いころからよく見る夢。しかし何回見ても慣れることがない。

大吾はきつねの眉をこれ以上下げないためにも「夢は見なかった」ととぼけ、きつねを促した。

「それより、伝えたいことって何だ？」

「結界解除の計画だが、お前は手伝わなくていい。四柱結界は私自身で何とかする。今日の戦いも気にするな。それを伝えたかった」

大吾はまだ寝ぼけているのか、ウンウンうなずいていたが、ハッとなって目を丸くした。

「え？　手伝わなくていいって……何で急に？」

「おもしろ半分で大吾をつき合わせたが、あの四柱結界を解《と》くには、邪魔をする菊田と戦わなければならない。それは私が当初考えていたよりもはるかに危険なことだ。無理につき合わせて、大吾に怪我をさせる訳にはいかない」

　折れた刀が大吾の頬をかすったのを思い出しているのかもしれない。紺色のスカートの裾を握るきつねの指は、微かに震えていた。いつもの生意気な言動からすれば、信じられない台詞と態度に、大吾はもう一度頭を掻く。

「拾い食いをしてはいけないと、誰かに習わなかったのか？」

「変なものは食べていないッ！　私は真剣に話をしているのであってッ！」

　ようやく顔を上げたきつねを見て、大吾の顔も緩む。

「菊田さんが神社を守るのは、悪い妖怪から身を守るためだ。きつねがあの森を出て行って、別の場所で暮らすことはできないのか？」

「……」

「それが難しくても、皆で考えれば何かいい解決方法が……」

　――と、言いかけたところで、部屋の戸を引っかく白い獣の手を発見し、大吾は続きの言葉を止めた。

「キョータロー、ここは一階じゃないぞ。お前も寝ぼけてるのか？」

「きょたろ?」

「あぁ、うちで飼ってる猫だ」

大吾が答える間に、大吾家の飼いオス猫、キョータローが大吾の部屋の戸をこじ開けた。こぶし幅の隙間から、器用に身体をくねらせ、長い尾を立てた白い猫が部屋に入る。

「ぎゃ!」

何を驚いているのか、きつねは短い悲鳴を上げて本棚の上に跳び乗った。キョータローはベッドの上で胡坐をかく大吾のひざに飛び乗り、ナーとひと鳴き。対するきつねはヒーとひと鳴き。

きつねの叫び声に大吾は首を傾げた。

「どうしたんだ?」

「わ、私は猫が苦手なのだッ!」

「アレルギーか何かか? 何もそこまで怖がらなくても……」

「言っただろう! 化け猫は恐ろしいのだ!」

きつねは顔面を真っ青に染め、忍者のように壁に張りついている。今にも泣き出しそうだ。その様子を見て大吾はにんまり笑うと、いつものお返しと言わんばかりに、キョータローを持ち上げてきつねに向ける。

「ほれほれ、こんなにかわいいのになー、キョータロー」

「ナー」

「止めろーッ！」

嫌がるきつねがついに顔を背《そむ》けた。大吾が目の前に炎が迫っているのに気づいたのは、そろそろ勘弁してやろうと、キョータローを下ろした瞬間であった。

「うわッ！　狐火を飛ばすんじゃない！」

寝間着が燃え、ほぼ全裸になった大吾が股間を押さえながら悲鳴をひと鳴き。きつねは威嚇《いかく》する猫のようにフーフーと犬歯を見せて唸っていた。髪の毛が立っているように見えるのは気のせいではないだろう。

大吾がお気にいりの寝間着が灰になって涙目であたふたしていると、今度はキョータローが開けた戸の先に菊田が立っているのが見えた。

「な、何をやってるのよ！」

クラスメイトの菊田あかりに裸を見られてしまうという徹底した不運の重なりよう。全裸の大吾を見た菊田はひと叫び。

二秒で抜刀すると、刃物の光に驚いたキョータローが部屋を駆け回り、きつねは再度の悲鳴とともに鳥になって窓から飛び立った。

阿鼻叫喚《あびきょうかん》と化した大吾の部屋を最後に訪れたのは、目を丸くして驚く、妹の綾乃だった。裸の大吾と、刀を振り上げた菊田を交互に見て叫ぶ。

「うわ！　兄ちゃん何やってんの！」

「こ、これは違う！　違うんだ！」

「さすが高校生のパッションと言いたいところだけれど、部屋に入れて直ぐは早いよ！　どれだけセッカチなんだ兄ちゃんは！　もっとしっかり関係を築いてから！」

　綾乃は謎のアドバイスを置き土産に去って行った。きつねの姿を見られなかったのは不幸中の幸いか。いずれにせよ、大災難である。

　大吾が箪笥から服を引っ張り、飛び出して廊下で着替えている間、菊田は顔を赤く染め、借りてきた猫のように静かな様子で座布団の上に座っていた。本物の猫、キョータローはというと、何事もなかったかのように、本棚の上で毛づくろいをしている。

　大吾が部屋に戻ると、菊田は恥ずかしさを紛らわすように早口で捲《ま》くし立てた。

「今日はその……あの妖怪にもう関わらないほうがいいって釘を刺しにきたのだけれど、今日も会っていたってことは……」

　大吾が慌てて否定する。

「違う違う！　きつねは僕のことを解放するって言いにきたんだよ！」

「それじゃあ結界も……」

　菊田は大吾の言葉を先読みし、安堵の表情を浮かべていたが、その読みは間違っている。安堵の顔を崩すのは忍びなかったが、大吾は言葉を続けた。

「でも、結界を壊すのは諦めていないみたいだった」

「私と戦う、ってことね」

戦う——。大吾はその言葉に、うつむいて唇を噛んだ。二人が戦う時間は、刻一刻と迫っているのだ。何か解決策はないかと思いを巡らせ、顔を上げて菊田の双眸を見据えた。

「菊田さん。二人できつねを説得しないか？　妖怪から身を守るために結界を解けないって話をすれば、きつねだって分かってくれるはずだ。刃を向けたのだって本気じゃなかったと思うし……」

「悪い妖怪は……退治しないといけないのよ」

ひざの上に置かれた菊田の拳が強く握られていた。反論を許さない強い口調だったため、大吾は口を閉ざさざるを得ない。

「やっぱり、戦うしかないのか？」

「古町くんは邪魔をしないでね」

大吾の言葉に答えず、菊田が立ち上がって戸を引いた。廊下に出ようとした菊田の目の前には、お盆にお茶をのせた綾乃が廊下に立っていた。

「あれ、もう帰っちゃうんですか？」

「話は終わったから、お構いなく」

そう言いつつも、その場でお盆の上のお茶を飲み干し、一礼して帰るところが菊田らしい。

菊田が帰ったあとは、残ったもう一杯のお茶を綾乃がすすりながらの反省会が始まった。物事には順序があるという見当違いの説教であり、弁解したい気持ちにもなったが、妹は唯一の家族である。危険なことには巻き込みたくなかったので、大吾はうなずくしかなかった。

物事には順序がある。どのような順序を踏めば、二人のいさかいを止めることができるのだろうか。

壁掛け時計の針は、昼の十二時ちょうどを指している。仮にこの後戦うのだとすれば、残る時間はあと僅か。

いつもの大吾であれば、平穏無事が一番と胸中で唱え、厄介事には首を突っ込まないはずである。しかし、今の大吾は、何故か考えることを止めることができなかった。

その日の十七時過ぎ、陽が傾きかけたころ。

駅付近に買い物に出かけていた大吾は、きつねと菊田のことが気になり、結局何も買わずに帰り道を歩いていた。そして、ごく自然な足取りで神社の前まで歩き、足を止める。

「あくまで帰り道なだけであって、きつねが心配で訪れた訳ではない」と、大吾は心の中で言い訳する。

階段下の道路まで行くと、きつねは赤い着物姿で立ち並ぶ木々の先を見つめていた。今日は狐の面をつけていない。

「大吾か」

きつねは視線をこちらに寄越さないまま、静かにつぶやく。

今日、きつねと菊田が戦う――。

菊田の真剣な眼差しを思い出した瞬間、大吾の口は勝手に動いていた。

「なあ、きつね。この森でないと、どうしても駄目なのか？」

きつねは大吾の言葉に反応せず、ただジッと森を見上げる。きつねと大吾、二人きりの神社の参道前を、風が通り抜けた。

「約千年、私はこの場所にいた」

ぽつり、とつぶやくようにきつねが話し出した。

「春は見渡す麓《ふもと》に桜が咲き乱れ、毎年のように花見で賑やかになる。夏は南風が木々をぬって爽やかな香りを運んでくれるし、森を歩けば蝉しぐれの歓迎が待っている。秋は一面に広がる紅葉や夜の月を肴に酒を飲み、いわし雲が流れれば、どこまでも眺めたりしてな。冬は寒さを凌《しの》ぐついでに拝殿で人々の悩みを聞き、ふと見上げた空に風花が舞えば、いつもうっとりとさせられる。何より、この森から見下ろす街や人の変化は、どれだけ眺めていても飽きぬ」

きつねの笑みは穏やかであるが、覚悟を感じさせるもので、きつねのこの土地に対する思いが、大吾の胸の中に流れ込む。妙案の浮かばない歯がゆい状況に、大吾は苦しそうに眉を寄せる。

「私がこの森から出て行けば、どこかで新たな生活を送れるかもしれない。菊田との問題も解消されるだろう。しかし、私にとって、この場所は特別なのだ。たとえこの命が懸かることになろうとも、易々《やすやす》譲る気はない」

「そうか……」

大吾にはそれ以上、きつねに無理強《むりじ》いすることができなかった。己の過去を振り返れば、似たような思いを抱えたことは皆無ではない。どうしても、手放したくないもの。とても大切だったもの。

手にしているときは、当たり前すぎて考えることがなかったとしても、失ったときにその価値の大きさに気づくことだってある。大吾にとっての両親がそうであるように——。

大吾には、きつねの心情が、痛いほどに分かるのだ。状況は違ったとしても、大切なものを失ってしまう苦しみは、大吾にとっても耐え難い。

「それにしても、大吾、お前はやけに今の状況に順応しているな。妖怪やら妖力やら、菊田の件だって、普通の人間はそう簡単に受け入れられないだろう」

　確かに普通であれば、大吾の状況をすんなりと受け入れることはできないかもしれない。きつねの疑問に、大吾は視線を外して答える。

「きつねが妖怪だなんて……今も完全には信じ切ってはいないよ。見た目だって人間そのままだし。まだキツネにつままれている気分だ。でも、不思議なことが目の前で起こっているのは事実だし、順応しないと対処しきれない」

「くくく。そうか。しかし、な。巻き込んでおいて身勝手かもしれないが、お前はもう私に関わるな」

「そりゃ、危険なことには関わりたくないけれど……でも、今回の件は話し合いで解決できるんじゃないのか？」

　大吾は自分の放った台詞に驚いていた。普段から「厄介事には首を突っ込まない」と決めているのに、きつねに対しては何故こうも、お節介を焼いてしまうのか。「関わるな」とまで言われているのに、だ。

　大吾の言葉に、きつねは儚《はかな》げに笑った。

「話し合い、か。それでは解決できないだろう」

「何故？」

「菊田は妖怪を憎んでいる。力があるということは、必ずしも幸いなことではない。むしろ、人には見えないものが見えるのだから、苦労のほうが多いだろう。悪い妖怪に殺されかけたことも一度や二度ではないはずだ。誰にも信じてもらえず、一人で苦しみ、戦い続けるということは、とても寂しく、辛いことだ。妖怪と分かり合うなどできるはずもない」

きつねの口ぶりに大吾はハッとさせられる。

「きつね。君はもしかして菊田さんのことを……」

「静かに。そろそろ時間だ」

きつねが振り向き、大吾も振り向く。そこには、制服姿の菊田が立っていた。

「今回は本気で戦わせてもらうわ」

背筋の伸びた姿勢は、彼女のスマートさを強調する。菊田は隙を感じさせない圧迫感を放ち、流れるような所作で浅黄色《あさぎいろ》の袋から漆黒の刀を取り出した。夕日に染まったアスファルトの上で、地に根を張るように、ゆっくりと腰を落とす。

妖力が最大に高まる日――。

一日違うだけでこうも違うのだろうか。恐らく、一般人がこの場に立っていても感じたであろう。菊田がまとう殺気は、大吾から見ても尋常ではなかった。

対するきつねは、先日より長い刀を左手に具現化していた。まるで神社を守るかのように、森を背に、刀を構える。

「大吾、お前は帰れ。邪魔なだけだ」

「……」

　大吾は固まっていた。その場から離れればいいものを、何故か足が動かない。危険なことには関わりたくないと言いつつも、二人の戦いを見届けたいのかもしれない。

「帰らないなら、邪魔だけはするなよ」

　きつねは動かない大吾を一瞥《いちべつ》したあと、前に踏み出した。きつねの振る長刀の切っ先が、菊田の足元のアスファルトを削る。

　菊田の太ももに赤い線が描かれ、血が流れるが、それは掠めた程度の浅い傷。

　寸前で交わした——否、攻撃を「引きつけた」菊田の体勢は崩れていたが、そのまま突きを放つ。次の瞬間、刃先は、きつねの金色の瞳の直ぐ前に突き出されていた。

　菊田はそのままの体勢で、静かに、しかし冷たく言い放った。

「今直ぐこの森から出ていきなさい。そうすれば、命は助けてあげる」

「殺す気でやれ。足元をすくわれるぞ」

　菊田の真剣な瞳と言葉を一笑に付すと、きつねは鳥に化けて菊田の刀を避《よ》ける。そして上空で人間の姿に戻り、刀を振り上げた格好のまま落下した。体重を乗せた一撃。力で劣るきつねが選んだ一撃であった。

　しかし、上空からの攻撃を予測していた菊田は、微塵も表情を変えず、下からすくい上げるように刀を振る。鋭い金属音が鳴り、きつねの身体が刀ごと弾かれた。弾かれたきつねの身体は、大吾の直ぐ傍《そば》に落ちる。きつねの刀はまたも折れ、大吾の横のアスファルトに深々と刺さった。

壮絶な戦いに大吾は身動きできない。しかし戦い慣れている菊田は違う。

地面に手をついたきつねの硬直を見逃さず、低い軌道のワンステップで距離を詰める。

同時に放たれたのは、横一線の斬撃。

「危ない！」

言葉とともに大吾は飛び出していた。どうするべきか。迷っていたはずの大吾の身体は、きつねの襟首を掴んで引き寄せるため、自然と動いていた。

大吾の指が、きつねの華奢《きゃしゃ》な肩に近づく。後、数センチで触れる。

その刹那《せつな》――。

「触るなッ！」

今まで見たことがない、おおよそ、子供とは思えない鬼の形相が、大吾を睨んでいた。

彼女は、きつねであったはずなのに、きつねではない。まるで鬼が移ったかのような豹変に、大吾の身体は金縛りのように動けなくなる。

その隙に、菊田の刀は正円を描き切り、きつねの腹の肉をえぐった。

「ぐッ！」

斬りつけられると同時にバックステップしたきつねは、勢いそのまま地面に転がる。

持っていた折れた刀が落ちて消えた。

「も、もういいだろ！　きつねが……死んでしまう！」

たまらず大吾が叫ぶ。だが、菊田は再度刀を構える仕草をした。

「私は殺すつもりで戦っているわ。彼女の見た目に騙《だま》されては駄目よ」

菊田の瞳が、夕焼けの中で暗く沈む。

「ふ、私の正体を知っているのか？」

口の端から血を滴《したた》らせながら、怪しくきつねが笑む。

すると菊田はおもむろに口を開いた。

「神獣のひとつ。尾は四本、千里の先を見通す妖怪、天狐《てんこ》じゃないかしら。本来は悪さをしない妖怪って聞いていたけれど……古町くんに憑こうとしたあたり、気が変わったの？　いずれにせよ、私の目の前で悪さはさせないわ」

きつねは目を閉じ、口元で笑ったが、次の瞬間には真剣な眼で菊田を見ていた。

「そうだ、妖怪は怪異《かいい》を運ぶ悪しきもの。お前の判断は正しい。だがな……私も死ぬ瞬間まで諦める訳にはいかないのだ。私は……この場所を守る」

「守る？　ここには最初からあなたの居場所なんてないわ！」

菊田が刀を振り上げた瞬間、大吾は二人の間に入っていた。

心臓がバクバクと音を立てて跳ねるのも無視し、大吾は菊田の前に立つ。菊田の刀が、大吾の鼻先で止まる。

「何故、邪魔をするのッ！」

その隙に、きつねは跳躍して距離を取っていた。血が滴る腹を押さえ、汗を流しながら白い狐の面をかぶる。まるで先ほどの恐ろしい形相を隠すかのように。きつねはくぐもった声で大吾に警告する。

「大吾、以前言ったように、四柱結界は微弱であったとしても、妖力を持つ者にしか解除できない。しかし、大吾のように力を持つ者が、無理やり解除すれば、結界の反発力で最悪は死ぬ。私は自分の命惜しさのため、お前を身代わりにして殺そうとしたのだ。少しは役に立ったが、これ以上の用はない。これでお終いだ。お前は今までの暮らしに戻るがいい。次邪魔をするのであれば、お前も噛み殺してやる」

石段の先にきつねが消えた後、大吾は菊田に視線を戻した。

またも大吾のせいできつねを逃してしまったので、罵声《ばせい》の一つでも飛んで来るのではないかと覚悟していたが、予想に反し、菊田は怒るどころか、真っ青な顔できつねが立っていた場所を見つめていた。恐ろしいものを見たかのように、ただただ呆然と立ち尽くす。

「ど、どうして……まさか……」

菊田が一体何に驚き、何に動揺しているのか、大吾は疑問に思い尋ねた。

「どうしたんだ？」

「な、何でもない！」

苛立つように刀を振り、鞘《さや》に収める菊田の指先は震えていた。

菊田は何故、今ごろになって動揺しているのだろうか。状況がうまく呑み込めない大吾は不思議に思ったが、傷を負ったきつねを捜しに森へ入った。

橙がかった空に、闇が降りてくる。

きつねの瞳を思わせる金色の月は、やはり欠けたまま浮かんでいた。


その後、大吾は森の中を歩き回ったが、きつねを見つけることはできなかった。

神社そのものが広い上、敷地を囲む森は、隣町付近まで根をのばす広大さで、昼間であっても一日では捜索しきれない。

しかも、その巨大さは敷地面積だけの話だけではない。神社は山の中腹を切り開いて作っているため、縦にも長く、階段の段数を数えれば優に二百を超える。その階段を駆け上ってきつねを追うとなれば、大鳥居をくぐるころには息が上がるのも道理であった。

いくら負傷していたとしても、きつねは妖怪であり、人間である大吾に遅れを取るはずもない。

途中、大吾は家から懐中電灯を持ってきた菊田と合流したが、彼女は心ここにあらず

──というより、きつねを捜す表情は、敵を見失った焦りというよりも、心配する友人のように見えた。何故、菊田の態度が突然百八十度違うものになってしまったのか……大吾には分からなかった。

しかし、菊田は何も語らず、また、大吾も尋ねない。二人はただただ月夜の神社を歩き回り、きつねを捜すだけであった。

大吾は捜索を続けながら、きつねが最後に見せた鬼の形相と、身代わりという言葉が引っかかっていた。出会って間もない少女、しかもあれだけ拒否されたのに、何故自分は力を尽くして捜しているのか。

あのような深手を負っていたのだから、初めは怪我の手当てをしてやらないと、と思い森に入ったのだが、よくよく考えればきつねはすでに手当てを済ませているかもしれない。何故なら、神社を囲う森は、きつねにとって家と同じなのだから。

それじゃあ、今やっていることも、ただの余計なお世話じゃないか。むしろ、これを機にきつねが森から姿を消せば、これまで通り平穏な日々に戻ることができるのではないか。あのうるさい少女に追い回されることはなく、菊田も無闇《むやみ》に話しかけてこなくなるだろう。何の心配事もない平穏な日々に戻れる。それはそれで、少し寂しい気もするが、そちらのほうが、大吾にとっては魅力的だった。だから──これでいい。これでいいんだ。

時計の針が夜の二十三時を過ぎたころ、めまいがしそうな疲労の中で大吾は自らの胸にそう言い聞かせた。

「今日はもう……諦めよう」

「……」

菊田はやはり心ここにあらずの表情で、大吾の提案にも静かにうなずくだけである。

いつもはしっかりとしている菊田がそのような様子なので、大吾は心配し、家まで送ることにした。

送り届けたはいいものの、門の前で仁王立ちしていた菊田の父に捕まり、事情を聞かれた上で、夜間の連れ出しをきつく叱られた。

捜索のあとの叱責。疲労で痛む足を無理やり動かし、大吾は暗い夜道を歩く。帰りながら、菊田父の形相を思い返していた。温厚そうな人であったが、菊田がうまく説明してくれなければ、殴られていてもおかしくなかっただろう。

家の玄関をまたぎ、そこでようやく自分が汗だくであることに気づいた大吾であったが、眠気に負け、シャワーも浴びずにベッドへダイブした。

分からない。きつねの行動も、菊田の態度も。それに、自分自身の気持ちも。

ベッドの上で考えごとをしているうちに、大吾はいつの間にか、眠りに落ちていた。


その日、大吾は夢を見た。

何か大事なものを抱えて、闇夜の森を疾走する夢だった。暗い森は、どこかで見たことがあると大吾は気づく。きつねが住む神社の森だ。

勿論、森なんてどこも似たようなものだし、ただの勘違いかもしれないが。

大吾は全力で走り、何かから逃げる。大切なものを失わないよう。

背中の痛みは取れない。大吾の不安や、複雑な心境を表しているかのように、身体にまとわりつき、離れることがない。


次の日の補習が終わって直ぐ。昼の十二時ごろ。

いつかの日と同じように、大吾の目の前に菊田が立っていた。

「少しだけ、話ができないかしら」

これまたあの日のように大吾を屋上に呼ぶ声は、しかし、以前より弱々しいものであった。周囲ではクラスメイトのヒソヒソ話もヒートアップしていたが、それよりも蒼白な菊田の顔色のほうが、大吾には心配だった。

大吾は立ち上がり、無言で教室を出る菊田の背を追う。やはりきつねのことだろうか。

菊田の青白い顔を見れば、切羽詰まった状況であるのは違いない。

誰もいない屋上で、菊田が告げた言葉は、大吾にとって予想外なものだった。

「ついさっき、感知したのだけれど、四柱結界の半分が解かれたわ……」

「え？」

「古町くん、私はどうすれば……」

普段の凛とした姿は見る影もない。菊田は落ち着きなく、潤ませた目であちこちに視線を走らせていた。混乱や不安に必死に耐えようとしているのか、強く握られた拳は痛ましい。

動揺や挙動不審は大吾の専売特許であるが、このときばかりは焦ってなどいられない。不安を抱かざるを得ないが、せめて憧れの女子が困っているときぐらいは頼れる男でありたいと思ったのだ。大吾は落ち着くため、深く息を吸って吐いた。

「菊田さん、落ち着いてくれ。君が混乱していたら、僕も話を理解できない。どうすればって……どういうことなんだ？」

「きつねが……死ぬかもしれない。だって、あの子は……」

菊田の顔は蒼白で、微かに肩が震えていた。大吾は菊田を落ち着かせるためにも、内心の動揺を抑え、ゆっくりと言葉を選ぶ。

「菊田さんは昨日まで、きつねを退治するつもりじゃなかったのか？　それが何故、きつねを心配するようなことを言うんだ。菊田さんはもしかして、きつねを知っているのか？きつねは君を知っているようだったけれど……」

「狐の面」

「狐の面？」

思い出すと、きつねは確かに森に消える際、狐の面をかぶっていた。

「あの姿を見て、思い出したの……」

続きを言葉にしづらいのか、菊田は唇を噛んだ。

「小さなころ――私は、友だちに妖怪が見えるって話をしたの」

何となく、話の続きが予想できた大吾は、続きを促さず、菊田が口を開くのを待った。

「今ならバカなことをしたって分かるけれど、あのころは分からなくて……素直に言葉にしてしまって。それで……仲間外れにされちゃって。でも、沼に誘い出されて落とされたり、学校の帰り道で追いかけられたり、突然突風が吹いて怪我したり……色々な怪異に巻き込まれて。でも、煙《けむ》たがられるから、誰にも話したらいけないって……ずっと一人で我慢してた」

太陽を背に、菊田が訥々《とつとつ》と話す。うつむいていて、しかも逆光なので表情は分かりにくいが、声は微かに震えている。大吾は幼いころの菊田が、神社の階段で一人座り込む姿を想像し、胸が痛んだ。

「でも、九歳になったころ、私は我慢や不安から解放されたの。ちょうど今の時期……祭りの日、私は神社の敷地内で狐の面をかぶった女の子と出会ったわ。その子は名前を告げなかったけれど、自分も妖怪が見えるからあかりは仲間だって言ってくれて……怪異で怪我をしたときに薬を作ってくれたり、一人ぼっちで石段に座り込んでいたら遊んでくれたり、勉強を教えてくれたりしたの」

菊田のこわばりが抜け、声も少しずつ穏やかになっていく。狐の面をかぶった少女との思い出が、気持ちを落ち着けているのかもしれない。

「彼女はことあるごとに繰り返していたわ。あかりは力があるから、妖怪に目をつけられやすい。力をつけて、妖怪を退治できるようにしないといけない、って……。人間と妖怪は分かり合えないから、自分で身を守るように、って……。私にとって、彼女は友だちで、師匠で、それでいて恩人で、だから私、必死になって妖怪と戦える力をつけたの……」

勉強もできる、運動もできる、品もあって、何事にも動じない。それが昨日までの菊田の印象だったし、クラスメイトが抱いている印象も、大して変わらないだろう。

しかし、菊田も普通の女子と同じように、年相応の悩みや過去もある。そんなことは、よくよく考えれば、当たり前のことなのだ。

「その恩人が、きつねだったってことか。それじゃあ、何で菊田さんが妖怪から身を守るために張った結界を破ろうと……」

大吾の疑問に、菊田が一旦間を開けて答える。話しながら、少しずつ冷静さを取り戻しているようにも見えた。

「私も考えた……。何で結界を破ろうとしているのか。最初はどれだけ考えても分からなかった。でも、前提から違ったとすれば……」

「前提?」

　復唱した大吾に、ゆっくりと菊田が答える。

「そう、恐らく……私の作った結界が強すぎた」

「強すぎた?」

　大吾には菊田の話の意味が分からず、首を傾げた。

「あまりに強い力は、妖怪に感知されてしまう、ということ」

「まさか……」

　大吾もようやくたどり着いた。恐らく菊田もたどり着いたであろう「答え」に。その答えは、これまでの出来事を、きつねの態度を真逆に解釈させるもので。菊田が大吾を見据え、言葉を紡ぐ。

「百鬼夜行は、偶然、この町に向かっているのではなく、私の結界に導かれている」

「そんな……」

「だから……きつねは、一刻も早く結界を解こうとした。百鬼夜行が向かうべき目印を消すために」

　何故、きつねはそんなことをしようとしているのか。それは、あの神社を守るためであろう。そして、同時に、菊田を守るためなのかもしれない。しかし、そうなってくると一つ疑問が浮かぶ。

「きつねがその事実を、菊田さんに説明すればよかったじゃないか」

「今の私は幼いころと違って、妖力を察知できる。仮にきつねが、あの日の少女であると告げたら……私にとっての恩人が、妖怪だったことになってしまう。彼女は、人間と妖怪は分かり合えないと繰り返していたわ。それは妖怪と人は分かり合ってはいけない、という忠告だったのだと思う。きつねに何があったのかは分からないけれど、その想いはとても強かった」

「きつねは人間の敵……分かり合えない悪い妖怪として、菊田さんの前に現れなければならなかった、ということか」

「そう。だから、きつねは己の力で結界を壊さなければならなかった……」

大吾は、きつねのことを思い浮かべた。小さな身体、偉そうな態度。口は悪いし、悪戯も好き。

しかし「本音」が別のところにあるとすれば——菊田の前でとった行動の数々は、悪《あ》しき妖怪として、嫌われるためにやっていたのだとすれば——。

「何で……人と妖怪は分かり合おうとすることすら許されないの？　それなら、何で、陰で私をいつも見守って、何かあれば助けてくれたの？　そんなのおかしいじゃない！」

菊田の拳は、強く握りしめられ、震えていた。眉が下がり、大きな瞳には、涙が溜まっている。

大吾は、その様子を見てショックを受けたが、共感して悲しんでいるだけでは駄目だと頭を振る。菊田のためにも、目の前の問題を解決しなければならない。大吾は考え、もう一つ生じた疑問を口にした。

「きつねには……あの結界が解けないいんじゃないのか？」

だから大吾を身代わりにして、解かせようとしたのではないのか。しかし菊田は首を横に振った。

「厳密に言えば、解くことはできるわ。でも……妖力を少し持つ古町くんですら死ぬかもしれないって言っていたでしょう？　妖怪がそれをやれば……」

菊田はその先を言わなかったが、大吾にも理解できた。

大吾は迷っていた。きつねが「これ以上関わるな」と拒絶した際の、あの恐ろしい鬼の形相が脳裏を過り、決断を鈍らせる。

「古町くん、この事実を話したのは……あなたに協力して欲しいから。きつねは、私を欺《あざむ》こうとした。けれど、古町くんには違うような気がした。騙しきれていないというか……負い目を感じているというか……もっと別の感情なのかしら。きつねにとって、古町くんは特別な存在なのかもしれない。だから……」

「出会って一ヶ月も経っていないのに？　それに……僕は昨日、きつねに拒絶されたばかりだ。助けたい気持ちはあるけれど、彼女が望んでいないのなら……」

大吾を拒否するきつねの形相が、大吾の胸を締めつける。うつむき、不安になる大吾の様子を見た菊田が、涙をぬぐって顔を上げた。

大吾もそうであったように、菊田も大吾の不安な姿を見て「しっかりしなければならない」と覚悟を決めたのだろう。

「昨晩、きつねが何の妖怪なのか調べたの」

「天狐って妖怪じゃないのか？」

いつかの会話を思い出しながら大吾が言うと、菊田は首を振った。

「一度調べたときはそうだと思ったわ。でも、仮にきつねが私とは全力で戦っていなくて、もっと強大な力を持っているとすれば、別の可能性があるの……。もし、その可能性が正しければ、あのとき、古町くんが触るのを拒否したのも説明がつく」

「何の妖怪なんだ？」

菊田はもうすっかりいつもの様子に戻っていた。大吾をしっかりと見据え、言葉を紡ぐ。

「きつねは——九尾《きゅうび》の狐の亜種」

「九尾の狐って、あの……漫画とかで出てくる？」

菊田はうなずく。

「九尾の狐は、その名の通り九本の尾を持つ化け狐よ。日本三大妖怪の一つで、人類史に残る九尾を数えれば、妲己《だっき》、華陽夫人《かようふじん》、褒姒《ほうじ》。亜種として有名なのは、玉藻前《たまものまえ》に憑いた白《はく》面金毛九尾《めんこんもうきゅうび》の狐だけれど、九尾全体に共通して言えるのは、どれも大国を傾かせるほどの力を持っているということ」

「……」

「きつねの金色の瞳と、ここに住んでいたということを手がかりに、家の書物を調べ直したら……きつねを指しているであろう妖怪の名前が出てきたわ。約千年と数百年前の平安時代中期、京都に現れ、そのあとも書物に何度か記載されていた九尾の狐。その妖怪が持つ力は……触れた者を確実に殺す力——」

それは、狐の大妖怪。

白い九の尾を持ち、金色の瞳に白い体毛の千年生きた狐。

その力は、触れた者を必ず不幸にする。

裸足で踏みしめた草は枯れ、指先で愛でた花は落ち、身体に触れた人々は死ぬ。

何者にも触れられず、また何者にも触れられない。

金眼白狐《きんがんしろぎつね》の妖怪、それが、きつねの正体——。

何故、きつねは菊田の刀を腹部に受けてなお、大吾が自らの身体に触れるのを制止したのか。何故、あれほどまでに恐ろしい形相で、大吾が近づくのを拒否したのか――。

その理由が分かってしまった。

触れた者を確実に殺す能力。

菊田が言うには、書物によれば、その力は最初、災厄が訪れる程度のものであったが、歳月を重ね、生きながらえる中で、触れただけで死に至らせるまで強まっていったのだという。道理で作戦会議と言って街に出た際、ちょこまか周囲を動き回りつつも、身体には触れさせず、触れてこなかった訳だ。大吾はきつねの素振りを思い返し、奥歯を噛んだ。

「人間と妖怪は分かり合えない」

どのような過去があって、どのような気持ちを胸に抱いて、きつねはその言葉を口にしたのだろうか。

大吾の中で、迷いが消えた。

「行こう」

大吾は菊田の声にうなずき、背中を追った。二人は森に向かう道を走る。商店街も、住宅街も。すれ違う人が何事かと目を丸くしても、二人は走り続けた。

普段から鍛錬を欠かさない菊田は涼しい顔で走っているが、大吾は慣れない全力疾走に息が上がり、今にも倒れそうであった。だが、きつねを思い、必死に菊田の背中を追う。

大吾たちが異変に気づいたのは、神社を囲う森が視界に入って直ぐであった。

森を抱くように、季節外れの桜が咲き乱れていたのだ。しかも、それだけではない。

「青い……桜？」

桜の花びらは、輝くような青白に染め上げられていた。

大吾は滴る汗をぬぐい、息を荒げながら眼前に広がる青い桜を見渡す。菊田も立ち止まり、目を細めた。

昨日きつねを捜し歩き回った時にはこのような花は咲いていなかった。

何故一夜で桜が咲き、その花びらが、見たこともないような青色に染め上げられているのか。分からないが、弱々しく光る桜は儚げで、大吾は感嘆の息を漏らさずにはいられない。

「微かにきつねの力を感じるわ……」

菊田がつぶやく。

きつねは、その名を「青桜きつね」と名乗っていた。もしかしたらこの青い桜に何か思い入れがあるのかもしれない。ほの光る青い桜は、神社に続く階段道を見事に彩り、二人を歓迎するかのように、行儀よく立ち並ぶ。

「古町くん……」

　突然の呼びかけに、大吾が疑問符を頭の上に浮かべる。菊田は背中を向けたまま、恥ずかしそうに言った。

「その……ありがとう……」

　大吾は衝撃を受けた。憧れの女子で、誰よりも遠い存在で、自らの意志でどこまでも遠くにいけそうな女子。

　その女子に、心からの感謝の言葉を述べられるなど、生涯ないと思っていたのだ。自虐的すぎるかもしれないが、そんなことがあるとすれば、菊田が落とした消しゴムを拾ったときぐらいだろう、と。

「さっきはとても頼りになったし、お陰様で冷静になれたわ。……恥ずかしいことだけれど、君のことを誤解していたみたい」

　態度とは裏腹なストレートな言葉に、大吾も恥ずかしそうにうつむく。

「そっか……どういたしまして」

　気づけば、大吾はいつの間にか菊田と普通に話せるようになっていた。しかし、今はその事実を堪能し、小躍りしている状況ではない。菊田も一刻の猶予もない状況と理解しているからか、顔を上げ、再び走り出した。

「三つ目の結界が解かれたわ……。急ぎましょう」

階段を駆け上がる菊田の背を前に、大吾は疲労で笑い出したひざを叩き、気合いを入れ直す。神社へ伸びる階段を上る一足一足は、苦行以外の何物でもない。大吾の視界ははっきりしなくなり、夏の暑さで倒れそうになる。

対する菊田は永遠に伸びる石段を意に介さず、跳ねるように駆け上る。大吾には、その速度がむしろ上がっているようにさえ感じられた。

「何で……そんなに……体力が……」

大吾の弱音を耳にした菊田が立ち止まり、振り返った。

「だらしないわね」

向けられた呆れ顔と冷たい視線は、いつもの菊田に戻っていた。大吾はその事実に安堵しながらも、抗議の言葉を捻り出す。

「菊田さん……が……おかしいって……はぁはぁ」

「きつねを助けにいくんでしょ？」

「その前に死ぬ」

「置いていくわよ」

大吾は遠くなっていく菊田の背を、階段の先を睨んだ。

神社までもう少しだ。大吾は再び気合いを入れ直し、足を上げた。菊田からだいぶ遅れたが、何度か立ち止まりつつも、大吾はようやく階段を上りきった。

「きつね！」

上がりきると同時に、大吾は森に向かって叫んだ。

大社中門《たいしゃちゅうもん》と書かれた門をくぐり、楼門《ろうもん》にすがりつく。

付近を見渡すと、一本の枯れ木を背に、着物姿のきつねが座り込んでいた。菊田は先に到着していたが、座り込むきつねの前に立ち尽くし、呆然としていた。無理もない。きつねの腹部には包帯が巻かれており、血で赤く滲んでいた。しかも、神社に張られていた四柱結界の三つに触れたからか、左手が焼かれたようにただれている。

「くくく。その様子を見ると……私の正体はばれたということか……。癖で面をかぶってしまったのが、失敗だったな……」

菊田や大吾の表情を見て、察したのだろう。きつねは力なく笑った。きつねの顔面は蒼白で、額の汗が頬を辿り、顎にぶら下がる。

「何で！　何で教えてくれなかったの？」

「人間と妖怪は分かり合えない。いや、分かり合ってはいけない。以前、そう伝えておいたはずだが」

「だからって……！　あなたがやってることはッ！」

菊田の悲愴な表情は、大吾の胸を締めつけた。敵だと思っていた妖怪が、実は自分のことを、命を賭《と》してずっと守ってくれていた。受けた衝撃は、菊田にしか分からないものだが、大吾にも想像することはできた。

「この場所を守るためだ！　断じて……断じて、誰かのためにやっているのではない！」

「……」

きつねが大きく空気を吸って吐いた。

「しかし、残念ながら私の左手だけでは制限時間までに、結界の全てを解くことはできなかった。そこで、だ。作戦を変える」

「まさか……」

きつねは菊田、大吾の順に、二人の瞳を見つめ、神妙な顔でうなずいた。

「百の妖怪と戦う」

「結界を張りなおせば、妖怪の進行を防げるんじゃないのか？」

「それはない。こちらに向かってきているということは、結界を破壊できる妖怪も向かっているということ。恐らく、私の全力と同格の妖怪だろう。そうなれば、結界は木っ端《こっぱ》微塵だ」

きつねの言葉を聞いた大吾が、次の疑問を投げかける。

「それじゃあ、きつねが全力を出して結界を壊しておけばよかったんじゃないのか？」

大吾のもっともな疑問に、きつねが苦笑いする。

「それができるならそうしていた。しかし、実は私は六十秒ほどしか全力を出せないのでな。しかも、全力を出したあとは、倒れて一週間ほど気を失ってしまう」

　お決まりといえるきつねの能力の不完全さに、大吾も苦笑する他はない。

「きつねの力は、とことん不完全だな」

「くくく。耳が痛い。だが、大丈夫。私と同等の妖怪など、現存するのは一体くらいしかいない。目星もついている。そいつさえ倒すことができれば、残りの妖怪はあかり一人でも退治できるだろう。あかり、今は共同戦線を張るぞ」

「分かったわ……」

　菊田が真剣な目でうなずく。そのとき、きつねの目の色が変わった。瞳を半分ほど閉じ、睨むように見る先は、つい先ほど、大吾と菊田が駆け上がった階段。

「早いな。すでに力を感じる。これ以上、話している暇はないようだ」

　荒かった息も整いはじめる。空気が、空間が、少しずつ冷えていくようだ。

「戦いに入る前に、一つ忠告をしておく」

　きつねが刀を地面につき、体重を乗せて立ち上がった。

「仮に全力を出して五十秒以内に敵を倒すことができれば、私は残りの十秒を使って森の奥に消える」

「……五十秒」

　触れたものを殺してしまう力を持っていることを考えれば、六十秒すべてを戦闘に使える訳ではないということだ。

「しかし、仮に五十秒以上経ってしまった場合は……」

きつねは神妙な声で言葉を区切ると、覚悟を決めたように続けた。

「眠っている姿を大勢に晒したくはないし、気を失った私に誰かが触れて、死んでしまっては目覚めが悪い。そのときは……私の裁量でどうにかする。お前たちは絶対に私に近づくな。何が起こったとしても、私のことを一切気にするな。分かったな?」

「どうにかするって……」

大吾と菊田がそれ以上の反応を返す暇なく、階段の方角から温い風が流れ込んだ。

どれほどの邪悪な鬼かと振り返った大吾と菊田であったが、現れたのは着物姿の少年だった。

月夜にきらめく金髪に、燃えるような真紅色の瞳、藍色の着物は風になびき、腰に携えた長刀と脇差は、ゆらりと闇に揺れる。

その姿を認め、きつねがニヤリと笑った。

「やはりお前か。酒呑童子《しゅてんどうじ》」

「酒呑童子?」

大吾の疑問に、菊田が答える。

「諸説はあるけれど、丹波国《たんばのくに》の大江山《おおえやま》に住んでいたと言われる鬼の頭領《とうりょう》よ。無類の酒好きで、酒呑童子と呼ばれていたらしいわ。少年の姿だけれど、強い神通力《じんつうりき》を持った妖怪よ。それにしても、何百年も前に退治されたって文献で見たことがあるのに……何故……」

「死んでいたほうが当時、都合がよかったのだろう。真と偽。事実は文献とは異なるということだ」

　きつねのつぶやきに、酒呑童子が目を細める。

「五百年ぶりだな、糞狐。はて、四百年ぶりだったかな。憎きあの日、千年前とは姿形が変わっていたが、その強さは健在で安心したぞ。今はどうかな？」

「どうだろうな」

　酒呑童子と呼ばれた少年は、きつねより背が高いものの、まだ十五、六の歳にしか見えなかった。白い肌は女と見間違えるように透明で美しい。

　大吾が彼の立ち姿に見惚《みと》れているうちに、一つ、また一つと、石段の先、闇の中から妖怪の頭が現れた。

　痩せ細り、歪んだ頭の形をした鬼。二メートルを超える巨漢の赤鬼。十以上の角を光らせ、ニヤニヤとした笑みを浮かべる小さな鬼。傘のような妖怪、一つ目の妖怪、旗を持った河童、大きな目をいくつも持った大蜘蛛《ぐも》、笛を吹く蛙《かえる》。ありとあらゆる妖怪が現れ、ところ狭しと石段を占領する。

「糞狐よ、しかし、貴様はこれだけ強い力を持つ人間を野放しにしておく気か？」

酒呑童子は菊田を一瞥して告げた。警戒していた菊田が、姿勢を低くし、刀の柄《つか》を握る。

「私も驚いた。まさかあかりがここまで力を持つとは思っていなかったからな。だがな、妖怪が悪さをしなければ、彼女も何もしない。お前たちが大人しくしていればいいだけだ」

きつねの言葉に酒呑童子は嬉しそうに笑う。

「そうはいかない。所詮《しょせん》は人間と妖怪。それだけ力を持つ人間は、我々にとって脅威であり、放っておくなどできる訳がなかろう。人間と妖怪、分かり合うなど夢物語。どちらも不幸に堕ちるのが、繰り返す歴史が示す道理よ。糞狐、それは、貴様が一番知っていると思ったがな」

真剣な眼差しの酒呑童子とは対照的に、きつねはすまし顔で答える。

「さあ、何のことやら」

「それにな、強い者は俺だけでいい。俺だけでな。ふむ」

目を閉じ、ニヤリと口角を上げた酒呑童子に、きつねも笑う。

「くくく。結局、お前の一番の目的はそれだろう。ただ勝ちたいだけ。この世で一番強いことを証明したいだけ。お前らしいがな」

「いや、しかし。ふむ。まさかこんなところに貴様がいるとはな。ちょうど決着をつけたいと考えていたところだ。今度は逃がさぬ。千年前から続く恨み、晴らさせてもらおうぞ。

遊び相手は変更だ。最早、人間の小娘になど興味はない。千年間、一時も忘れたことのない、糞狐が目の前にいるのだからな。ふむ」

「姿形が変わろうと、匂いを嗅ぎつけ、追いかけてくるとはな。しつこい男は嫌われるぞ。これ以上、つきまとわれるのも迷惑だ。望みどおり、ここで決着をつけさせてもらおう」

錯覚なのか、大吾の目には、きつねの周囲の空気が澱《よど》んで見えた。

よく目を見開いて確認しようとした瞬間、きつねの尻あたりに一つ、二つ、三つ、四つ、五つ、六つ——合計九つの白い尾が生え、黒髪から獣の耳が突き出た。金色の瞳は大きく見開かれ、爛々《らんらん》と燃えるようにきらめき、見る者をうっとりさせる。

きつねの変化はそれだけでない。

まな板だった胸がふっくらと大きくなり、頭髪は漆黒から純白に変わる。四肢が伸び、身長が二十センチ以上伸びる。幼い子供だった身体は、一瞬で成人の女性のものへと変化していた。

これがきつねの全力時の姿——。

見る者がきつねの変化に見惚れている内に、彼女は先手必勝の一振りを放った。ただの刀の一振りで森が叫ぶほどの突風が生まれ、あたり一面の妖怪が空へ吸い込まれる。

「聞けッ！　私は九尾の狐！　立ち向かわなければ殺しはしない！　しかし、逆らうのであれば、この牙で食い殺してやる！　雑魚《ざこ》どもよ、今直ぐ立ち去れ！」

神社の石段を埋め尽くす妖怪たちの顔が一斉に歪んだ。森を焼き、戦の結果を左右させ、国を滅ぼす。九尾がいかに力を持つ妖怪かは、群れをなす妖怪の誰もが知っている事実であった。

その圧倒的な妖力を前に、逃げ出す妖怪も一体、二体ではない。

唯一、微動だにせず、涼しい顔で風を受ける酒呑童子は、忠告などものともせず、突風の中で抜刀。気づくと、酒呑童子の背後に立っていた巨大な鬼が真ん中から真っ二つに割れた。

思わず逃げ出そうとしていた妖怪たちの足が止まる。

「妖怪ども！　俺に殺されたくなければ戦え！　俺の刀は毒を塗っているからな、噛み殺されるよりも苦しむやもしれぬぞ！」

どちらを選んでも地獄。妖怪どもの面が再び歪んだ。突風が止み、あたりがシンと静まったその刹那、酒呑童子の身体がゆらり、ゆれて低く跳んだ。きつねは酒呑童子の剣を斬りつけられる寸前まで見極め、右に身体を捻りながら避《よ》ける。きつねの近くにあった岩は、豆腐のようにスパンと切れた。

きつねは回避とともに、コマのようにその場で回転。可憐な動きの中で、しなる蹴りを放つ。繰り出された白い脚は、幼体のきつねにはなかったリーチのある武器であるが、ただ長さがあるだけではない。

蹴られた酒呑童子の身体は、大吾の目の前を一瞬で通り抜け、森の木々をなぎ倒し、数十メートルほど転がっていった。酒呑童子は回転しながらも刀を地面に突き立て、蹴りの勢いを殺すと、泥と血を吐いて刀を収めた。酒呑童子は怪我を負ったにも拘わらず、その面には嬉しそうな笑みを貼りつけていた。

「一瞬でこう遠くに行ってしまっては、なぁ、寂しいのう。寂しい。ふむ」

きつねが、いかに菊田との対決で手加減していたのか。菊田はその事実に愕然としていた。刀を携えたまま、見上げる光景に立ち尽くす。

まさかわずか一撃で雌雄を決したのか。百を超える妖怪も、目を剥いて呆然とせざるを得ない。

――が、その静寂は一瞬であった。

唖然としていた妖怪たちが、その「姿」に咆哮《ほうこう》を上げる。空気を割るような妖怪たちの声に、大吾は耳を押さえた。

森を覆《おお》う巨大な鬼のシルエットが、月下に躍り出たのだ。

筋骨隆々、青黒い巨大な悪鬼。まるで国を作る妖怪、ダイダラボッチ。

巨体となった酒呑童子が、太い手足で木々をなぎ倒しながら、きつねのほうへ歩く。

神社に立つ樹齢千年の巨木すら優に超える巨躯は、興奮の熱で脈打ち、怪力は木々を割りばしのように易々とへし折る。天辺にある二つの巨大な角は、歪な形で天を目指し、その単眼の厳《いか》つい様相と合わさり、少年時の姿とは似ても似つかない恐ろしさを醸し出す。

ルビーを思わせていた赤い瞳は、ただ不気味な血の赤となって闇に溶けていた。

「二十……」

きつねの小さなつぶやきは、大吾が心の中で数えていたカウントと一致していた。きつねが全力を出してから、二十秒が経っていた。決着をつけなければならない五十秒まで、残り三十秒――。

あまり時間がない。

そのとき、突風に舞う葉が、きつねの頬に触れた。鮮やかな緑に染まった葉は、きつねの白い頬に触れた瞬間に黒く変色し、粉となって空中に飛散する。

トクン――。

大吾の胸で、抗えない感情が生まれた。

それはまるで、空気を吸うように自然と肺へ流れ込み、大吾の心臓を内側から鷲掴みにする。

直ぐにでも駆けつけて、きつねと酒呑童子の戦いに割って入りたい――つい先ほどまでは、そう考えていた。

しかし、沸き上がる気持ちをねじ伏せ、大吾の足を一歩も前に進ませなくする障害が、今の大吾の目の前には立ちふさがっていた。

それは死への恐怖であった。

仮にあのとき。きつねと菊田が刀を交えていたとき。

大吾がきつねの身体に触れていれば、大吾の身体はあの枯葉のように黒くなって粉々になっていたのだろうか。

きつねが、触れた生命を滅ぼす妖怪などとは、菊田の話を聞くまでは微塵も想像していなかったし、話を聞いたところで実感が伴っていなかった。

だからこそ、青々とした葉が一瞬で散った瞬間、その絶対的な力は、大吾の心を易々と折り、足を動けなくさせた。

大吾たちを置いて、死んでしまった父親の「凄惨であっただろう姿」を想像してしまい、抗えない恐怖が、克明《こくめい》な死のイメージが、大吾の身体を支配する。

無力。もとより大きな力を持たない大吾に、できることは何もない。柱に掴まり、酒呑童子が動く度に生じる突風と恐怖に耐え、歯を食いしばるしかない。

二十三。

きつねは、深い呼吸で腹の中に溜まっていた空気を吐き出し、体勢を低くして巨大な鬼を睨んだ。

そのとき、酒呑童子の右腕が、雲を掴むように、上空からゆっくりと振り下ろされた。ゆっくりに見えたのは、あまりにも遠い位置からの攻撃だからであり、拳が近くまで落ちたとき、それが回避不能の超速度であることを知る。大吾や菊田がいる手前、きつねは避けることができない。否、避けているだけの時間はもう残されていない。

二十四。

青黒い鉄拳が、風をまとってきつねの頭上に現れる。きつねは、左手を添えた刀身で、その天からの鉄槌《てっつい》を防いだ。空気が歪むような轟音とともに、きつねの両足が地面にめり込む。百鬼夜行の妖怪たちは、またも突風で宙に舞う。

二十八。

石段を駆け上り、きつねを襲おうとする魑魅魍魎《ちみもうりょう》たちを、菊田が立ちふさがって止める。月の下で踊るように振られる菊田の刀は、きつねのほうに雑魚が散らぬよう、休むことがない。二メートルを超える赤鬼さえ、悠々《ゆうゆう》と切り伏せる。

二十九。

気がつくと、大吾の前に赤い鬼が立ちはだかっていた。変化の術で小さな虫となり、菊田の防御網を抜けた鬼だ。鬼の身長は大吾の二倍近く。鬼は充血した目で大吾を見下ろす。

「古町くんッ！」

菊田は大吾のほうへ振り向く。が、狭い石段を駆け上がり続ける妖怪を相手にしている以上、その場から離れることができない。

逃げよう——大吾がそう思うのと同時に、身体が宙を舞っていた。丸太のような腕で放たれた拳は、大吾の身体を紙屑のように飛ばし、神社の柱へ叩きつける。

鼻血が溢《あふ》れ、砂利《じゃり》を汚す。わずか一撃で意識が混濁《こんだく》し、手足が大吾の命令を一切拒否。痛みと吐き気が全身を襲ったのは、迫る鬼を見上げたときだった。

数秒遅れて訪れた痛みは体中の神経を支配し、立ち上がることすら許さない。手足の震えが止まらない。

三十四。

きつねは、刀をやや斜めに傾け、刀の上に載った酒呑童子の拳を下方に逸らす。逸らされた拳は敷き詰められた砂利を噛み、きつねは跳躍して巨大な右腕の上に載った。

仮に素手で酒呑童子に触れれば、その時点できつねの勝利が確定する。しかし、絶対殺《ぜったいさつ》の能力を不用意に使いたくないのか、きつねは酒呑童子の腕に触れず、その場に立って刀を構えた。

三十六。

きつねは酒呑童子の腕に跳び載る際、掴んだ砂利を後方に投げていた。神速の小石は、大吾の前に立つ赤鬼の頭蓋を貫通し、神社の壁に穴を開ける。大吾の目の前の赤い体躯がぐらりと傾き、砂利の上に落ちた。

三十八。

酒呑童子は大きく口を開け、綺麗に並んだ牙をきつねに向けた。

きつねは迫る牙を微塵も恐れず、酒呑童子の腕の上で刀を縦に回転させる。月の光と己の瞳の光を巧みに反射させ、酒呑童子の大きな目を瞬きさせた。

四十。

その刀の回転はただの目くらましではない。酒呑童子の巨大な右腕を輪切りにしていた。しかも、反撃は一手だけでは終わらなかった。酒呑童子の顔目がけて跳躍したきつねの右腕は、龍のような長い尾の黒炎をまとっていた。

四十四。

墨のような焔《ほのお》、きつねが全力で生み出した灼熱の狐火は、前方に放たれるとともに、轟音で空気を焼き、雷のような軌跡を描いて酒呑童子の身体を包んだ。

視界を塞がれ、闇の中でもがく酒呑童子は、乱暴に左手を振るが、きつねはその暴れる拳も刀で受け流す。吹き飛ばされないよう、きつねは空中で身体を回転させ、力を相殺した。

四十八。

回転の終わり、きつねは酒呑童子の顔に向かって真っ直ぐ刀を投げつける。

四十九。

妖力で鍛え抜かれたきつねの刀は、酒呑童子の瞳を貫き、とどめを刺すと思われた。

――が、乱暴に振られていた酒呑童子の左手が、偶然にもきつねの放った刀を叩き落としてしまう。

五十――タイムリミット。

酒呑童子を、倒せなかった。


きつねの決め手が防がれた瞬間、立ち上がった大吾の足が砂利を蹴っていた。

走る先は、きつねの方角ではなく、妖怪が溢れる石段の方角でもない。酒呑童子が立つ方角とは真逆。神社の横に抜けた森である。

この場から逃げなければ、死んでしまう。

生涯最大の危機は、大吾の足を強制的に動かし、走らせていた。

出る杭は打たれる。

長い物には巻かれろ。

キジも鳴かずば撃たれまい。

大吾は念仏のように心で繰り返す。

そうだ、僕はヒーローでも何でもない。有象無象《うぞうむぞう》がここまでやったのだ。よくやったほうだと、心の中で繰り返す。

元々厄介事には首を突っ込みたくなかったし、強引なきつねや菊田に無理やりつき合わされていたんだ。これ以上はつき合いきれない。逃げよう。

きつねや菊田さんだって許してくれる。だってそうだろう、きつねは僕が逃げ出そうとしても、微塵も表情を変えなかった。少しも期待などしていなかったのだ。大吾はそう心の中で言い訳しながら走っていた。

しかし、そんな臆病者を非難するように、突風に舞う木片が、大吾の後頭部にぶつかる。顔から地面に突っ込んだ大吾は、手元の砂利を握りしめて眉を下げる。

ああ、無様《ぶざま》だ。

きつねも菊田も戦っているというのに。土壇場《どたんば》で一人逃げ出す。そんな情けなくて弱い自分が、大吾は心底憎くて嫌いだった。

どうせ誰も相手にしていない。どうせ誰も見ていないというのに。


お前は本当にダイゴなのだろうか――。

夕焼けの中、きつねがつぶやいた言葉が、ふいに思い出される。誰と比較した言葉なのか分からなかったが、あのときはきつねは大吾への期待を棄《す》てたのだろうか。だから、逃げようとしても、非難の視線さえ送らなかったのだろうか。

大吾は己の無力が悔しくて、悲しくて、それでも恐くて震えが止まらなくて。砂利の苦い味を噛みしめながら、戦うきつねを見上げる。

五十三。

炎を撥《は》ね除《の》けた酒呑童子は、瞬時に次の攻撃へ移る。しかし、酒呑童子の巨大な体躯は空中で小さくしぼみ、少年の姿に戻っていた。きつねだけでなく、酒呑童子もまた、本気を出せる時間に制限があったのだ。

きつねが輪切りにした酒呑童子の右手は、少年の姿に戻っても失われており、上半身にも黒炎《こくえん》が残っていた。赤い瞳は充血し、牙はむき出し、頭髪からは小さな角まで見える。完全には人の姿に戻れていない。

左手だけで振りかざされた刀は、きつねとの激しい戦闘で刃こぼれが酷く、殺傷力は弱まっているが、刀を投げて失ったきつねのとどめを刺すには十分と判断したのだろう。

悪鬼が、闇夜を舞い、長刀を振りかざす。

五十四。

きつねは酒呑童子を睨みつけ、一旦地に足をつけた。酒呑童子を迎え撃つため、跳躍前の猫のように身体を丸める。

力尽きる前に、互いに息の根を止めようと宙に舞った二人。

その二人が空高く交わった瞬間——とうとう、勝負はついた。

瞬きの暇さえ許さない一瞬の出来事。

酒呑童子の身体が五つに千切れ、闇夜に散った。

きつねが胸元に隠し持っていた脇差で斬られた酒呑童子は、満面の笑顔を頭部に貼りつけたまま、光の粒子となって空中に霧散する。

五十五。

きつねの体力はすでに限界に等しく、身体を動かすことすらままならない。頭から堕ちる姿勢のまま、意識が飛びそうになるのを必死に耐える。

薄れる意識の中、きつねは真下——砂利に向かってひとさし指を向け、小さくつぶやいた。

「地獄門……」

五十六。

直径二メートルほどの、底の見えない暗闇が、きつねの真下の砂利に広がった。

開いた穴は深く、目を凝らしても底が見えないが、まるできつねを吸い込む意思があるかのように闇がうごめく。

きつねは逆さのまま、諦念の笑みを浮かべた。

自害——。

仮に戦いが五十秒を超えてしまった場合の、最後の選択肢であった。

きつねは諦めていた。

周囲を死に至らせる迷惑千万《めいわくせんばん》の身体で、忌み嫌われながら生きてきた。

まだ呪われた身になる前の、千年前に優しく触れてもらった身体の感覚は、よもや思い出の中で理想化され、しかし触れられぬ悲しみは、呪詛《じゅそ》のように未練《みれん》たらしくまとわりつく。もうこれ以上は生きられそうになかった。

最後の希望だった同じ名の少年——同じ匂いを持つ者も、恐らくあの「ダイゴ」ではなかったのだから。

きつねは大吾を身代わりにする気などなく、最初から自分の手で結界を解除するつもりだった。しかし、大吾と少しでも一緒にいたくて、身代わりだの何だのと口実を並べ、結界の解除を先送りし、結果的に百鬼夜行を到着させてしまった。

その責任は重大であり、最悪でも悪鬼——酒呑童子を倒し、この地を、大吾や菊田を守らなければならないと考えていた。そして、その大仕事は、千年という永い人生を締め括るものに相応《ふさわ》しい、とも考えていた。

地獄へ落ちる途中、きつねの変化は解け、少女の身体になる。

落ちる。

落ちる、落ちる、落ちる。

ああ、私の千年の旅も、ここで終わるのか。

きつねは、どうしても会いたい人がいた。

会いたかった。

会って、伝えたい言葉があった。

そのためにずっと、この場所で待っていたというのに。

きつねは、もう一度、穏やかに笑う。

諦めではなく、感謝の笑み。

仮にここで終わることになったとしても、再会できなかったとしても、振り返る千年は幸せな日々だった。

これまで、こんな私を守ってくれて、ありがとう。

その言葉を、心に念じようとしたとき――。

きつねの眼に、駆け寄る男の姿が見えた。

「うぉおおおおおおッ!」

大吾は思う。走りながら思う。

何故だろう。何故、僕は走っているのだろう。

一度は逃げ出した大吾が、立ち上がり、最後の最後で駆けたのは、後方の逃げ道ではなく、落下するきつねの元だった。きつねが底なしの穴に向かって落ちようとする姿を見た瞬間、大吾の身体は勝手に動いていた。

きつねの金色の瞳が見開かれ「来るな！」と叫ぼうとしたその刹那、大吾の右手が、きつねの背中に——。

触れた。

文字で表せば僅か三文字。

しかし、その行為はきつねにとって最も特別なものであり、同時に禁忌であり、遠い思い出の日に封印された憧憬。

大吾はきつねの身体を抱き寄せ、守るように背中から砂利の上に倒れる。真横では、地獄門の穴が、大きく口を開けたまま。

きつねは薄れる意識の中、涙を流して大吾の不幸を嘆いた。

金眼白狐に触れた者は死ぬ。

自分の不注意が、大吾を死なせてしまう。

きつねは涙を流しながら、大吾の泥にまみれた頬に触れた。

助けて欲しいとは思っていなかった。恐怖で大吾が逃げ出してしまうのであれば、それでもいいと思っていた。

この場所を守り、大吾と菊田が無事であれば、それだけでよかった。

その心を伝えようとしても、力が底をつき、一言すら絞り出すことができない。

「大丈夫」

掠れた声で、大吾がつぶやく。

そのような気休めの言葉で、きつねが納得できる訳がない。

骨が折れているのか、大吾の右腕が、きつねの身体から滑り落ちた。身体は震え、額には脂汗が滲んでいるのに、大見栄を切る大吾が憎たらしい。

しかし、不安や悲しみと同時に、心の底で安堵していた。千年、誰にも触れられなかった身体が、大吾の肌の温度に、温もりに触れ、きつねの全身が歓喜する。大吾の脈打つ心臓の音が伝わり、安堵してしまう。

大吾は死ぬのに。殺してしまうのに。

「大丈夫、きっと大丈夫」

さっきからそればかりだ。大吾の不器用な笑みは、それでも、きつねを安心させる。

ああ、この者は「ダイゴ」ではないと諦めていた。

諦めていたのに。

この者は、間違いなく、「ダイゴ」であった。
そうであろう、そうでなければ、命を賭して私などを助けてくれる訳がない。
そんなことをするのは、この世でたった一人しかいないのだ。

ダイゴ、私はお前が知らない間に、こんなに泣き虫になってしまった。
お前が見たかった私の泣き顔。今度はちゃんと見てくれているだろうか。
なあ、ダイゴ、好きだ。お前を愛している。
ずっとお前を待っていた。ようやく、お前と会えたのだな。
薄れる意識の中、きつねは母親に抱かれる赤子のように安らかな顔で眠りに落ちた。
青い桜が舞い、穏やかに眠るきつねの頬に触れた。

ここから先は、きつねが眠りに落ちて見た夢であり、千年前の記憶。
よもやきつね自身さえ細部を忘れかけていた、千年前の出来事。
ときは平安後期、京に現れた不幸を呼ぶ妖怪、金眼白狐の物語である。

その狐の妖怪は、名を「ダイゴ」といった。

第五章　不幸を呼ぶきつね

金眼白狐は、触れると不幸になるぞ。

疫病神、死神、貧乏神。そう言って、金眼白狐を見つけて石を投げるのは、人間たちだけではない。妖怪たちであっても同じであった。

ある日は水をかけられ、ある日は棒で叩かれ、ある日は石を投げられた。雛遊びをしていた女児たちは、雛を捨て一目散に散っていく。人間だけでなく、獣たちも、妖怪たちも金眼白狐に近寄らない。

最早、金眼白狐は悪口も暴力も無視にも慣れ、誰にも触れられぬまま、誰にも認められぬまま、数百年のときを過ごした。

不幸を呼ぶ狐の妖怪「ダイゴ」の噂は、京を出て、東海道はヤマタ、西海道はタニヤマまで広がり、どこに行っても悪い噂が絶えることがない。誰かに不幸があれば金眼白狐のせいにされ、アッチへ行けと石を投げられ、睨まれ、誰にも相手をされない日々を送る。

いくら妖怪といえ、見た目はただの狐であるため、人々の攻撃も容赦がない。生傷の絶えない金眼白狐は、悔しさで溢れかえりそうな胸を掻きむしり、眠れない夜を過ごす。

この世に求められているのは、勇士などではない。

うっ憤を晴らすための標的であり、諸悪の根源である。

飢饉《ききん》に見舞われる国はその責任を押しつけるため、金眼白狐の噂を広げ、陰陽師を放ち、悪の追放に奔走《ほんそう》する。敵を見出した群衆は、寄ってたかって金眼白狐を打ち叩く。

結束し、振りかざす正道で、醜く吐き出された言葉で、不条理な力で。

悪の根源とされた金眼白狐は、人を恨み、憎む。

しかし、ただ一つ――。

一つだけ、ダイゴには密かな楽しみがあった。

それは、己よりも不幸な少女「きつね」の姿を盗み見、その身に起こる不幸の数々を陰で笑うことである。それだけが、ダイゴの心を満たす、唯一の楽しみであった。

きつねは五つのころ寺の前に捨てられた少女で、油屋の大将が引き取り、育てた娘である。はじめのうちは普通の娘として生きていたが、女将《おかみ》や実娘《じつじょう》たちとの折り合いが悪かったらしく、大将が死んでからは凄惨な虐待が待っていた。

十三歳を迎えたきつねが、実娘たちの誰よりも美しく、比較にならないほど見事に成長したのも、女将の癪《しゃく》に障ったのであろう。

裸足で山菜を採りに行かされたり、何かあれば罰と称して棒で打たれたり、真冬に小袖《こそで》一枚で外に出された日は、酷い病で生死の境をさ迷った。女将は、夫が死んだのはきつねのせいであると、殴り、治療させ、治れば殴った。

打たれるきつねは毎日生きた心地がしないが、かといって死ぬこともできず、また許されない。女将に玩具のように扱われ、今日も野外に打ち捨てられているきつねの姿を、ダイゴは木陰で笑った。

ある日、ダイゴはいつものように屋根に上り、少女の様子を観察することにした。きつねは寒い朝にも拘わらず、庭に出され、女将から草むしりを命じられていた。

女将の眉は鬼のように吊り上がり、威嚇するようにきつねに命じる。うるさい声がダイゴの大きな耳に障り、ふさがざるを得ない。

「きつねだなんて、不吉な名前をしているよ。まるで金眼白狐のようだ。アンタが不幸を呼んだんだろう？　旦那もオッ死《ち》んで、うちは苦しいんだ。キリキリ働きな！」

残されたきつねの背中は、冬の寒さに凍えて震えていた。小袖一枚では仕方がない。ろくな食事も与えられていないのか、身体はひどく痩せ細っていた。

かじかんだ手が思うように草を抜くことを許さず、きつねの草抜きは牛歩である。そのようなものだから、戻ってきた女将はまたきつねの頭を叩き、無理やり腕を引っ張って屋敷に引き戻す。

ああ、悲惨や悲惨。このあとはいつもの通り、きつねの叫び声が響き、そのあとは戸外に打ち捨てられるのだ。

ダイゴの予想通り、少しすると家の中からきつねの悲鳴が漏れ、程なくして塵のように戸外に打ち捨てられた。身体を丸め、寒さに耐える姿は、地を這いずり回る虫のようで。ダイゴは笑いを噛み殺していたが、きつねは泣き出すどころか、草むしりを再開するのだから、ケタケタと声を出して笑わずにはいられない。

何がおかしいって、きつねはどんな不幸に見舞われても泣かないのだ。

きつねの顔は整っているし、着物を整え、澄ましていれば、どこの良家の娘かと思われる容姿である。しかし、打ち捨てられても泣き言一つ口にしない姿は、不気味に他ならない。

まるで感情のない人形。笑うことも、泣くことも、悔しがることも、喜ぶことも、何の感情もない人形が、ただただ女将の感情の掃き溜めにされ、乱暴に扱われた。

最早、打たれすぎて頭がおかしくなったに違いない。ダイゴはきつねの滑稽な惨状に腹を抱えて笑った。笑って、笑って、笑った。

石を投げられ、陰口を叩かれ、唾を吐きかけられても、己よりも不幸なきつねの姿を見れば、そのときだけはダイゴの気は紛れた。

繰り返される虐待は、日に日に酷くなるばかりで、しまいには家を訪れる客人にも汚い、臭い、近寄るなと突き放される。言われるだけであればまだ優しいもので、罰と称して頬を打たれ、裸に剥かれて表に放り出されることもあった。きつねは赤く染まる頬のまま、寒さを凌ぐために暗い蔵に入り、女将の怒りが鎮まるのを待った。

屋敷のほうからは、今日も女将の甲高い笑い声が響く。

ダイゴは屋根の上から狂った世界を眺める。人はこうまで残虐になれるのか、と。こうして少女の不幸を眺め、その姿を笑う己もまた、狂った歯車の一つに他ならない。

そう分かっていても、最早、止めることなどできなかった。

ダイゴは、己がこの世で最も不幸な存在であることを、認める訳にはいかないのだ――。

そんなある日、きつねが人買いに売られることになった。

その噂を商店通りの屋根上で耳にしたダイゴは、驚き飛び上がった。

人買いに売られてしまえば、どうなるのかまったく分からない。煮るのも焼くのも、人買い次第だ。だが、一つだけ分かっていることがある。物のように売られた人間など、やはり物のように扱われるのが道理で、地獄を見るのは明らかということだ。人買いを断片的にしか知らない子供であれば、なお恐怖の対象であろう。

女将の暴力より恐ろしい目に合うかもしれないし、こればかりはきつねも衝撃を受けるはず。泣き叫んで嫌がるに違いない。

いずれにせよ、ダイゴはきつねがどのような反応を示すのか、あの無表情が崩れる瞬間を見られるのではないかと思い立ち、興味津々、胸を躍らせながら油屋に繋がる道を歩いた。

しかしダイゴの予想は外れた。

きつねは怒らず、悲しまず、人買いに売ると言う女将の目をジッと見つめるだけだったのだ。

「それで家計が楽になるのであれば構いません」

そう言って、女将の言葉にうなずく。小さな肩は震え、内心では恐れているにも拘わらず。

その様子にダイゴは滑稽さを超え、恐怖を隠せなかった。女将も同様であろう、今日は打つことすらせず「そうかい、そうかい」と繰り返し、そそくさとその場を去って行った。

「何なんだ、あいつは」

朝晩叩かれ、己の意思とは関係なく、物のように売り買いされることになる。同い年の実娘が毬を蹴って友だちと遊んでいるというのに、苦しみにまみれる少女は、何故、平然としていられるのか。

ダイゴには分からなかった。悔しくないのか。悲しくないのか。ダイゴのように、はらわたが煮えくり返る思いで、夜も眠れぬ日はないのか。

訳の分からない感情は、澱《おり》のように心に積もり、不思議な引っかかりとなって消えることがない。

その不安定な感情が、彼女の様子を気にならせ、次の日も、また次の日も、油屋の前へ、ダイゴの脚を運ばせていた。


ある雪の日、ダイゴは山中で猟師の置き罠にかかった。

ダイゴは余程の負傷でなければ死に至らないが、霊力のある者が設置した罠は別である。その罠は、相当な力が込められているらしく、雪原に伏せるダイゴの全身に茨《いばら》のように纏わりつき、身体の自由を奪い続ける。もしかしたら、力のある神主か陰陽師が、金眼白狐を狩るために官人に雇われたのかもしれない。

ダイゴとて、好んで他者を不幸にしたいとは毛頭思わない。触れた者を不幸にするのであれば、誰にも触れないというのに。西で不幸あらば金眼白狐のせい、東で不幸あらば金眼白狐のせい。その惨状を、ダイゴには、もうどうしようもできなかった。

悔しかった。何の弁解もできないまま、何の努力もできないまま、誰にも触れられず、誰にも認められずに死ぬ。ただひたすらに滑稽な生涯が、これまでの過去が、たまらなく悔しかった。

悔しくて、強く噛みしめた歯の間から、たれるよだれにも気づかない。気づかぬまま、顔を赤く染め、空に向かって吠えようと必死になった。が、脚を挟んだ罠は、ダイゴの生命力を奪い続け、吠えることすら許さない。

雪が冷たく、体温は奪われ、わずか一刻も経たずに身体が衰弱していった。赤い血が雪に滲み、ダイゴは死を覚悟する。

そんな折、ダイゴは己の身に近づく人影を見た。地に伏せ、抵抗することもできない恥ずかしい姿を、一人の少女に見られてしまったのだ。

少女は雪が降るというのに、山菜を採っていたらしく、大きな籠を背負っている。少女は籠を下ろすと、ダイゴに近寄った。鼻の頭は脂《あぶら》で汚れ、頬はひび割れて赤くなっている。風が吹く度に震える肩は頼りなく、手入れのされていない黒髪は四方八方に散っていた。その少女を見間違うはずがない。何故なら、ダイゴは毎日のように観察していたからだ。

目の前の少女は、きつねである。

ダイゴの後ろ脚は赤い血液をべったりとまとい、小さく震えていた。金眼白狐は不幸を呼ぶ妖怪として信じられており、それは子供でも知る事実である。

きつねの不幸を笑ってきたダイゴを、今度はきつねが笑うのか。ダイゴは覚悟を決めた。身動きすら許されない身体のまま、ジッと少女を見上げた。

しかし、きつねがとった行動は、ダイゴの予想にないものであった。

きつねはダイゴの罠を取り外すため、ダイゴの脚に触れたのだ。

何の躊躇《ちゅうちょ》もなく、何の迷いもなく。

ダイゴは驚きのあまり、きつねの腕を噛んだ。鋭い獣の牙が、きつねの白い肌に食い込み、血が溢れる。

白い雪の上に、赤が模様を作り、きつねは痛みに目を細めた。唇を噛むきつねは苦しそうであるが、それでも罠を外す手を止めず、ダイゴの身体を引き上げる。

ダイゴは牙を剥き、鼻を鳴らしてきつねを睨んだ。

「小娘、俺に触れたな！　お前の家は、末代まで呪われるぞ！」

ただでさえ毎日のように女将に殴られている、天涯孤独の不幸な少女。これ以上の不幸になることはないと思われるほどの少女が、ダイゴの身体に触れてしまった。

恐らく、この少女は近いうちに死ぬ――。

その死に様の光景までもが、ダイゴの脳裏を過った。この娘は本当の馬鹿《ばか》か、もしくは頭がおかしくなっているのかと疑った。

だが、きつねはダイゴの言葉を恐れなかった。まるで女将から打ち捨てられたときのように、表情一つ変えようとしない。ダイゴの苛立ちと不安はつのるばかりで、心を悟られぬように、急いで言葉を続ける。

「小娘、俺が言っているのは嘘ではない。俺に触れる者は皆、不幸を味わう。触れられぬのだから、誰にも助けることはできない。ここで死ぬというのなら、それも仕方が無いことであった。それを何故、助けた！」

きつねは答える。

「不幸、不幸か。末代とは私の息子や娘か、そのまた息子や娘か、更にはその息子や娘か。馬鹿馬鹿しい」

ダイゴはきつねを睨み続ける。だが、次の瞬間、きつねは更に不可解な行動をとった。何と、ダイゴに向かって飛び込み、ダイゴの頭を撫でたのだ。

「私の息子、娘はそうそう音を上げない。何せ私の子供たちだからな。不幸にするのも大変ぞ」

頭を撫でられたダイゴは、驚きの余り、きつねの黒い瞳から視線を離せない。

感じたことのない温もりが、優しさが、初めて触れられた狂おしいほどの快感が、脚の指先から天に向かって立つ耳まで駆け上る。

「何故、何故、俺を助けた。金眼白狐に触れれば、末代まで不幸になると、五つの子供でも知っておろう！」

「知っている」

きつねは間髪入れずに答え、一呼吸置いて続けた。

「小さなころからお前のことを、金眼白狐のことを考えていた。見つけたら必ず触れようんだ。


と思っていた」

ダイゴは訳が分からず、首を傾げる。きつねは大きな瞳を半分だけ閉じた。

「誰にも触れられぬなど、それ以上の不幸などあるものか。辛かったであろう、悲しかったであろう。だが、もう大丈夫であるぞ、私がいるのだから」

ダイゴは、屈んだきつねの襟元から見える、傷や痣《あざ》で埋め尽くされた胸を見て息をの
きつねは漆黒の瞳を輝かせ、ニッコリとほほ笑む。

それは、ダイゴが初めて見る――初めて目にした――きつねの表情であった。

花が咲くように、太陽がきらめくように、美しく、暖かく、ダイゴの心に流れ込む。

不幸とは何か――。

不幸も幸福も、捉え方次第でまったく異なる意味を持つ。人や妖怪は、心がけ次第でいくつもの道をたどる可能性を持つのだ。

きつねは、数々の不幸の中で、他人の痛みを知り、苦しむ者に共感し、誰かを助けたいと願った。そのため、自らに降り注ぐ不幸に、立ち向かい続けた。

対してダイゴは、己より不幸な者を探し、あざ笑うことで自らの傷に蓋をし、目を逸らし続けてきた。

誠の意味で、恥ずかしい者は誰だったのか。誠の意味で、不幸な者は誰だったのか。目

の前の少女は、傍から見れば不幸に映るのかもしれない。しかし、己の不幸と戦い、痛みを知り、誰かを救おうと力を尽くす少女の「心」は、決して不幸という一言では片づけられないものがあった。

彼女がどんな責め苦にあおうとも、己の運命を悲しまず、泣かなかったのは、どのような不幸にも屈せず、諦めず、戦おうとしたから。こんなに小さな身体の少女なのに、痣と怪我だらけの身体になっても、戦い続けてきたのだ。

痣と傷で埋め尽くされた身体を見た瞬間、それでもなお、不幸な者を迷わず助けるきつねの行動を見た瞬間、ダイゴはきつねの心が覗き見えた気がした。

きつねの心を知ったためか、この世に生まれて初めて身体に触れられたためか、ダイゴの金色の瞳に丸い涙が浮かび、白い雪の上に落ちた。


山を下るきつねの後ろには、背筋を伸ばした男がぴったりと連れ添う。きつねは忌々しそうに、小さくため息をつく。

「何故、あとをついてくる?」

「お前みたいな危なっかしい阿呆を見ていると、色々と心配でな。何、俺が勝手にしていることだ。気にするな」

そう言って、金色の目の男が笑う。金眼はダイゴの力の源泉。どれだけ変化を重ねようと、瞳の色は変えられないのだ。ダイゴは生まれて初めて、人間の姿に変化していた。

その変化の姿は神主を選ぶ。妖怪を退治する側である神主に変化すれば、まさか妖怪だと気づく者は少ない。そう考えての選択であった。恨み続け、呪い続け、決して変化しようとしなかった人間の姿に化けたのには理由がある。

それは、きつねを守るためである。

きつねには、これから立て続けに恐ろしい不幸が舞い降りる。きつねを殺そうとする運命が、毎日のように襲いかかる。きつねは弱音を吐かないだろう。戦い続けるだろう。

しかし、ダイゴにはそれを見過すことができなかった。己と同じ不幸な境遇にありながら、戦い続けるきつねを――。唯一、己に触れ、優しくしてくれた人間を、みすみす死なせる訳にはいかなかった。

だからこそ、最も憎み、忌み嫌っていた人間の姿に化けてでも、彼女に寄り添い、彼女を生涯守り抜き、幸せの道を歩んでもらう決心をした。

最初こそ、人間に化けたダイゴを見て驚いたきつねであったが、見慣れてからは鬱陶《うっとう》しそうに睨むだけである。

睨む、など、普段のきつねの表情になかったものなので、それだけでもダイゴにとっては嬉しかった。できれば、きつねには、泣いたり、笑ったり、恥ずかしがったり、様々な表情をしてもらいたい。己が感じた楽しみも、喜びも、きつねに感じて欲しかったのだ。

　雪は止んだものの、まだ肌寒い風が吹く。きつねは肩を抱いて立ち止まる。

「神主を連れて歩くなど、傍から見れば、何事かと思われても仕方がない。私は目立ちたくないのだ。用がないなら立ち去ってくれ」

「用か。用があれば、傍にいてもいいのだな」

「内容次第では……」

「それでは、こほん」

　ダイゴは、神主の姿のまま、姿勢を正し、きつねの眼を見つめる。その金眼は真剣そのものであり、きつねも立ち止まって続きの言葉を待つしかない。

「俺と結婚して欲しい」

「なッ！」

　ダイゴの申し出にきつねは絶句した。

　元が妖怪とはいえ、目の前に立つのは凛々《りり》しい顔、雄雄しい立ち姿の立派な青年。美青年と言っても過言ではない。否、今のダイゴほどの美青年を探すのは、困難なことであろう。

　その美青年に、真剣な瞳で結婚を迫られたのだ。普段、何事にも動じないきつねであっても、動揺せずにはいられない。

「駄目だ！」

即答するきつねに、ダイゴが首を傾げる。

「何故だ？」

「妖怪と人が結婚できる訳がない。それに……許してもらえるはずがない」

話すごとにうつむくきつねの瞳から、光が失われていった。

「女将のことか」

ダイゴは女の甲高い声を思い出しつつ、しゃがみ込み、きつねの黒い双眸を見据えた。

「そうか……。それではこうしよう。俺はお前をさらう。あの家には二度と帰らせない」

「私は……あの家に感謝している。捨てられた私を拾い、育ててくれた。その恩を忘れ、逃げ出すなど、許されるはずがない！」

「だから、俺がお前を無理やり連れていくのだ。きつねは嫌々連れ去られる。悪いのは俺であって、お前ではない。俺を恨むなら恨むでいいさ。だがな、俺はこれ以上、お前が苦しむ姿を見たくないのだ」

きつねは黙り込み、土の上に視線を落とす。その胸中で、何を思っているのか。ダイゴには分からなかったが、あの家にいては、きつねが心からの笑顔を見せることもないだろう。その事実が、ダイゴを突き動かす。

「さて、行くとしようか」

ダイゴはきつねの手を取ると、胸の前に抱き上げて街へ走った。

「な、何をする！」

「このほうが速い。しばらくの辛抱だ」

ダイゴが走るのは、女将がいるあの家とは反対の方向。貴族の屋敷や、様々な店が立ち並ぶ街の方角だ。きつねにとっては訪れたことがない未知の場所である。

ダイゴが山道を駆けおりる足は速く、目まぐるしく変わる風景に飲み込まれぬよう、きつねは目を閉じてダイゴに掴まった。

抱えられたときは、これからどうなるのかと心配していたが、ダイゴの体温に触れている中で震えが止まり、不安も消えていった。不思議だと思いながらも、きつねはいつの間にかダイゴの胸の中で眠っていた。

きつねが目覚めると、ダイゴの駆ける足が遅くなっていた。人間が走るのと変わらない速さまで落ち、ついには歩きだす。街が見えてきたのだ。

商店街は人々の活気で賑わっていた。馬にまたがる貴族、野菜を売る商人、毛皮を羽織った旅人、笠をかぶった薬売り、水路の横で牛車を引く者。

たくさんの人とすれ違う中、暖簾のかかった家々も目に入る。視界いっぱいに広がる景色はめまぐるしく変わり、また、見たことがないものばかりで、きつねの瞳から興味の光が消えることはない。

まるで祭りの日のような人混みと活気に、きつねは目を見開いて驚く。見知らぬものを目にする度に、あれは何か、これは何かと、ダイゴに尋ね続ける。

「そうか、これまで街に出ることはなかったのだな」

きつねは恥ずかしそうにコクリとうなずいた。恥ずかしいのは、街を知らないからではない。通行人たちが、きつねを抱えるダイゴを「何事か」と一瞥していく視線に気づいたのだ。

「は、恥ずかしいから、そろそろおろしてくれないか？」

「恥ずかしい？　そうか、それはすまなかった」

ダイゴはきつねをおろし、道案内のために先を歩いた。

京の街を歩く姫君は、色とりどりの着物をまとっており、きつねの垢にまみれた汚い姿は笑い者になっていた。前を歩くダイゴの姿が、どこの貴族かと思わせる美しいものだから、きつねの姿はより目立ってしまっているのだ。

「どこに行くつもりか分からないが、こう人目がある道を歩くのは恥ずかしい」

「気にするな。お前を笑う者の顔を見ろ。身なりは整えているが、心の歪みが顔に出ている。お前の美しさに勝る姫君など、誰一人としていない。お前は堂々としていればいい」

きつねは更に深くうつむいた。が、それは拒否の意思ではない。ダイゴがそこまで言うのであれば、多少恥ずかしかったとしても、我慢しても構わないと思ったのだ。ダイゴは街の一角にある湯屋の前に立つと、振り返って懐から何かを差し出した。

「垢を落とすのにはこれを使うといい」

ダイゴがきつねに渡したのは、大きな葉であった。

「これで身体をこするのか？」

「俺が覗いたときは、皆、そうしていた」

「女湯を覗いたのか！」

軽蔑の目で見るきつねに、ダイゴは頬を掻く。

「俺は妖怪だからいいじゃないか。それに俺が好きなのはお前だけだ」

そう言われてみると、恥ずかしくて頬を染めるきつねであるが、ダイゴは対照的に平然としている。内心はきつねの新たな表情を見ることができて、小躍りしていたが。

「まずは風呂に入れ」

「分かった……」

それからしばらく経ったあと——ダイゴは風呂から上がったきつねを、今度は着物屋に連れていった。あたりはすでに夕陽で蜜柑色に染まっており、きつねは家のことをしきりに心配した。

「大丈夫だ、お前がいなくなれば、それだけ食いぶちも減る。それは女将も言っていたことだ。それに、帰ったとしても打たれるだけじゃないか」

「それでも……」

「そこまで心配なのであれば、俺が人買いのふりをして、女将に銭を渡しておこう。どうせ売られる身だったのだ。お前は俺に買われたとでも思っておけ」

きつねはダイゴの言葉に何も返すことができなかった。

ダイゴは橋を渡り、いくつかの店を外から眺めたあと、一軒の着物屋に入る。店を閉める直前だったらしく、禿げ上がった男が片づけをしていたが、玄関口に立つダイゴの姿を見て、慌ててもみ手をする。

ダイゴは上等な着物を見繕うと、懐から銅銭を出して店主に渡した。店を出るころにはすっかり陽が落ちており、戸締りを終えた街中を、月明りが照らす。

ダイゴはきつねの前に立つと、着物を差し出した。

「どうしてお前が銅銭など持っている？」

「疑っているのか？　大丈夫、働いて手に入れた銭だ。働くと言っても、神様の振りをして、人間の悩みを聞いて得た銭だがな」

「この着物、高かったのではないのか？」

「また稼げばいいさ」

「着られるものであれば、何でもよかったものを」

そう文句をこぼしつつも、着物を羽織るきつねの姿は、ダイゴの眼に嬉しそうに映った。

袖《そで》に手を通し、帯をつけ、両手を広げてくるくると回る姿は、まるで蝶のように。

風呂で整えられた黒髪は、艶をもって流れるように肩へ落ち、顔についていた脂の汚れも取れ、白くきめ細かい肌が光るように香っていた。細い腕が天に向かって伸び、星を掴もうとする。

均衡を崩して倒れそうになるきつねは、はしゃいでいて、初めて年相応の子供に見えるのであった。そんなきつねを見て、ダイゴがつぶやく。

「綺麗だ」

「何か言ったか?」

「何も」

ダイゴは胸の中が温かくなるのを感じた。そして、己の頬が緩んでいることに気づいた。このように温かい気持ちで笑うのは、いつぶりだろうか。否、誰かの喜びを、自らの喜びに感じたのは、これが初めてかもしれない。

ダイゴは笑うきつねの頭を撫でて思う。どのような不幸が訪れようとも、必ず彼女の笑顔を守ってみせる。ダイゴは改めて自らの胸の底に、覚悟の念を落とした。これから起こるであろうどのような不幸にも、逃げずに立ち向かう、と。

最初の不幸は、山賊であった。

身支度した二人は街を離れ、南西へ向かって歩いたが、半日と経たないうちに山道で山賊に襲われたのだ。川の近く、ちょうど橋を渡ったところで取り囲まれた。

白昼堂々、現れた山賊は五人。一人は身体も大きく、筋骨隆々の顔に傷がある男が刀を携えているが、あとは槍や斧、果ては農具を構えている者もいる。顔はいずれも泥で黒く、服装も悪臭を放つ。ほとんど裸のような者もおり、食うのに困った挙句、山賊になった口だと一目見て分かった。山賊は慣れた様子でダイゴときつねを囲み、金品を要求した。

「何が言いたいのかは分かっているよな」

腹の底から這いあがってくるような、低い声が響き、きつねは身体を震わせた。これが金眼白狐の力、避け得ぬ不幸かと喉を鳴らす。ダイゴはとっさにきつねを己の陰に置き、山賊の頭と対峙する。

「銭はもうない」

ダイゴが涼しい顔で答えると、山賊の一人が鼻の穴をふくらませて笑った。

「それだけいい身なりをしておいて、銅銭一枚ないってことはねぇだろう」

確かに身なりを整えたきつねは、どこの良家の娘かと思わせる趣で、ダイゴも白い神主の装束に黒袴、烏帽子《えぼし》をかぶった姿。整った服をまとう、すらりと細い身は、まるで貴族の立ち姿である。

「先ほど所用で銭を使ってな。悪いがそこを通してくれないか？」

ダイゴの言葉に、山賊たちの雰囲気が変わる。きつねの足は震えていたが、それでも交渉しようと前に出る。

しかし、きつねを制したのはダイゴであった。ダイゴは持っていた蝙蝠《こうもり》の扇子を畳み、口元を隠しながらきつねに告げた。

「案ずるな。お前に不幸は訪れない」

山賊はダイゴが銭を出さないことを察知し、細い目を更に細めた。

「俺たちも仏様をあさる真似はしたくなかったのだがな」

山賊たちが、それぞれ持つ武器を構えた。一瞬の静寂ののち、刀を構えた山賊が、轟音《ごうおん》の雄叫びで合図をすると、男たちが一斉に飛び込んだ。

一瞬であった。

ダイゴの持つ扇子が刀に変化し、三つの円を描く。薙《な》ぐ。薙ぐ。凪ぐ。それだけで、山賊五人全員が何もできずに肉塊となって倒れた。巨漢が虫の息で誰かの名を呼びながら、地を這っていたが、ダイゴは刀を投げ、息の根を止めた。

「なッ！」

あまりに一瞬の出来事で、動くことすらできなかったきつねが、声を上げた。きつねの黒い瞳が見開かれる。

「弱きものよ、人間たち。俺が本気を出せばこのようにも脆《もろ》い。くくく」

「阿呆ッ！」

「阿呆？」

得意げにほほ笑んでいたダイゴは、きつねの罵声に面食らった。

「何故、殺した！」

きつねはダイゴの袴を叩き、抗議した。

「何故って、俺たちを殺そうとしたからだ。そうだろう、殺さなければ俺たちが死んでいた」

「だからって……！　銅銭など全部渡せばよかったものを！」

ダイゴはきつねの言っていることが理解できず、面倒くさそうに言葉を返す。

「渡したところで、それが全部とは信じなかったさ。ここ最近、山賊が何人も旅人を殺しているという噂がある。他の誰かが死んでいたのかもしれないのだから、これはむしろ善いことをやったと言ってもいい」

きつねの瞳がまた見開かれた。

「それでも！」

「それでも？」

「それだけの力があるのであれば、殺さなくてもよかっただろう。命はとても大切なものなのだ。それは悪人だろうと、善人であろうと変わらない」

きつねの言葉にダイゴは眉をしかめた。

「そのようなものは戯言《ざれごと》だ。人を殺してはならない理由などない」

「この世の物事には、理由がないものや、言葉で説明できないことがある。私たちは何があろうと人間を殺してはならない」

「本気で言っているのか？　お前はあの女将も許すというのか？　俺は細切れにして、味つけして喰ってやりたい気持ちなのだぞ。それを抑えるためにも、あの街を出たのだ」

「もしそれをやれば、私はお前を生涯許さない！」

「しょ、生涯！」

きつねは山賊の一人の腕を両手で掴み、地面を引きずる。山賊の腕は、きつねの腕の何倍もある。きつねの小さな身体ではなかなか運べず、山賊の死体は少ししか動かない。その様子を見て、ダイゴが尋ねる。

「何をやっている？」

「墓を作る。ダイゴも手伝え」

ダイゴには意味が分からなかった。自分の命が危うかったのに、その危険を生み出した張本人たちを弔《とむら》うなど、一体どのような思考で結論を出しているのか。

だが、従うしかなかった。きつねが言うのだから仕方がない。それにしても、まさかこんなに直ぐに尻に敷かれるとは思っていなかった。ダイゴはため息をつきつつ、山賊の墓を作るために、慣れない農具を振るのであった。

二つ目の不幸は、それから数日経ったあとであった。

街から街へ渡り、南へ向かっていた二人であるが、宿で火事が起こったのだ。ダイゴは火の気配に目覚め、きつねを肩に担ぐと、窓枠から出て屋根を伝い、屋根の上を駆けて逃げた。煙を吸ったきつねは咳き込み、涙目でダイゴを見上げる。

「心配するな。俺がいれば、不幸なぞ起こりはしないさ」

「しかし……」

「歩きづめで疲れているだろう。直ぐに次の宿を見つけるから、お前は黙って休んでいろ」

ダイゴは新たな宿を取り、落ち着かないきつねの隣で、寝ずの番をしようとした。しかし、きつねがそれを許さない。「私も起きておく」と言って譲らないのだ。仕方がなく、ダイゴは一度、寝るふりをし、きつねの寝息が聞こえてくるのを待ってから、起き上がって番をした。

三つ目の不幸はそれから数週間後。きつねに渡していた銭が盗まれた。

四つ目の不幸はそれから更に数日後。酔っ払い同士の喧嘩で飛んできた提瓶《ていへい》が、きつねの頭目がけて飛んできた。

その後もことあるごとに不幸は起こったが、近くにダイゴがいたため、ほぼ全ての不幸を退けるに至る。最早、ダイゴは「何も心配はない」と考えていた。

しかし、そんな生活を続けながら二年が経ったある日、二人はお上の命令で「追われ人」となってしまう。

すれ違ったある陰陽師に、ダイゴの正体が妖怪であると見破られ――しかも、討伐されたと考えられていた「金眼白狐」であると看破されたのだ。

「お主、金眼白狐だな」

凛とした声にダイゴが振り向くと、橋の上には裾濃《すそのう》の括り袴に水干を着籠《きこ》み、頭から衣をかぶって顔を隠した者が立っていた。

「そうだと言ったらどうする」

「我は陰陽寮より度《たび》重なる凶作の原因究明を仰せ仕る者」

「その水干の紋は菊田家の者か。厄介だな。それにしても、今の飢饉が俺のせいだと？　俺は人っ子一人触ってはいないぞ」

ダイゴは周囲を見渡し嘆息した。

街はさびれ、時折腹を空かせた餓鬼が通行人に飯をせびる。いくつかの村が壊滅したという話は、ダイゴも耳にしていたが、これらが妖怪一匹のせいだとは無理がありすぎる。

陰陽師はダイゴの言葉に答えず、瞬きを終えぬうちに太刀を抜いていた。抜刀の初動で首を切り落とす狙いであったが、ダイゴは一歩退いて避《よ》ける。

「鼻の利く俺でなければ気づけなかったが、お前、女だな」

ダイゴの扇子が刀となり、陰陽師の頭にかかっていた衣を落とす。

衣の下に現れたのは、はっきりとした眉と、目鼻立ちの整った白い顔であった。

「ダイゴ、確かにこの陰陽師は女だ。人間の私であっても分かるぞ」

きつねの声音には嫉妬が混じっており、ダイゴは口元で笑った。その微笑を勘違いしたのか、陰陽師の女――菊田が眉をひそめて前に出る。

「お主も笑うか！　我が女だと！」

「それを笑ってはいないが、その態度、女であることを気にしているようだな」

「くッ！」

菊田の唸る声に、ダイゴがしたり顔でうなずく。

「そうか、お前は女であることを隠して生きているのか。女では力があったとしても官職には就けないからな。兄弟や周囲の阿呆がさして努力もなく挙用されていくのは、お前から見れば仮借ないであろうな」

「黙れッ！」

ダイゴは扇子で太刀を受け流す。菊田の刀がダイゴの身体を斬ることはない。

「金眼白狐、妖怪の分際で人間の……しかも、神官の姿を装うとは！　許しがたき所業、あの世で悔い改めるがいい！」

「能力が高いということは、必ずしも幸いなことではない、ということか。いつの時代も変わらぬ」

菊田の太刀が空振り、橋の板に刺さる。ダイゴはその隙にきつねを抱いて背後へ跳躍。橋から離れて距離を置く。

「逃げる気かッ！」

「気性は男顔負けだな。おしとやかにしていれば、物いう花であろうに。男装の陰陽師よ。追うなら追うがいい。いつでも相手になってやるさ」

ダイゴは跳躍を繰り返し、アッという間に街を抜けた。山道になったところで、きつねを降ろし、一息つく。

「物いう花と再会したくて、見逃したのか？」

ダイゴの腕から離れたきつねは、頬を膨らませていた。

「何だ、怒っているのか？」

ダイゴは答えながら、菊田の顔を思い出す。その顔は、どこかきつねによく似ていて、数年後の姿を思わせるようであった。

「別に怒ってはいない」

ドスドスと足踏みするように前を歩くきつねの背を見て、ダイゴはもう一度苦笑した。しかし、笑っていられたのも束の間。

二人が次に訪れた街の入り口には、ダイゴの人相と、特徴である金眼の様子が描かれた札が立てられていた。

今からちょうど二年前、目撃することがなくなり、果たされたと思われていた金眼白狐狩りであったが、まさかのまさか生きていた。

日本各地の未曾有《みぞう》の飢饉も金眼白狐が持ち込んだ不幸だと誰かが叫べば、そうだそうだとうなずく者も多く、その追い方も苛烈となる。

各地の飢饉の罪を全て背負わされた金眼白狐狩りには、大きな報奨金がつき、陰陽師だけでなく、神主や霊媒師など、多くの霊能者が武器を持って外に出た。

ダイゴの変化の術は、服装こそ変えられるものの、顔は変えられない。しかも、金色の瞳もごまかせなかった。金の瞳となれば、目立つことこの上なく、どのような着物に着替えようとも、正体を見抜かれ、追われてしまう。布で顔を隠したりもしたが、かえって注目を集め、金の瞳は布越しにも見抜かれるほどに輝いていた。そうなってしまえば、もう慣れ親しんだ神主の姿になっておくほうがマシであるという結論に達する訳で。

これまでは旅人として各所の宿を転々としていたが、追われ人となってしまっては、夜も外で過ごすしかない。二人は追手と戦い、逃げて野営する、を繰り返した。

「その不幸は、私がお前に触れたせいで起こっているのではないのか？　その追手から助けてくれているお前を、私に恨む道理などない」

「俺のせいで追われているのだから……」

「何故、ダイゴが謝る？」

「すまない……」


きつねはニッコリとほほ笑んだ。その笑顔が、ダイゴの心を鎮めた。どれだけ腹が立とうとも、どれだけ危険な事態になろうとも、人を殺さずに解決しようとしたし、可能な限り戦いも避けるようになっていた。

「見つけたぞ！」

「また追手か。飽きない奴らだ」

ダイゴは追手から逃げるため、きつねを抱えて走った。

今回の追手は、陰陽師でも神主でもなく、武士と呼ばれる者たちである。

平安の世において、武士は新しい身分であるが、戦闘に特化したその力と存在は、今や天下に轟いていた。今回の追手は名のある武士らしく、手際のよい武具の扱いは、ダイゴを手間取らせる。

逃げる際に矢の軌道が頬を撫でるが、その一矢《いっし》で済んだのは、不幸中の幸いと言えよう。赤い血が頬をくだり、きつねがそれに触れようとする。

「触るな！」

ダイゴの声音に、きつねは驚いて目を丸くする。

「俺の血が人間の中に入れば、その人間は、俺と同じ妖怪になる。その黒い瞳は、みるみるうちに色が落ち、金色の瞳となるであろう。白い尻尾が生え、挙句は獣の耳まで生えてしまう。それだけでない。お前に触れた者は、不幸になり死にゆく。花も触れられぬ、歩く場所は枯草となる。そうなってしまえば、お前は俺と同じように、人からも妖怪からも忌み嫌われるであろう。そのような姿は、見たくない。どうか、俺を悲しませないでくれ」

きつねは、伸ばした手を引っ込めた。

「ダイゴ……」

ダイゴの顔はこれまで見たことがないくらいに真剣で、言う通りにするしかない。ダイゴの傷は直ぐに塞がり、消えてなくなった。ダイゴは走りながら、腕の中でおとなしくしているきつねに尋ねる。

「きつね、お前は真と偽の違いが分かるか？」

「真と偽？」

突然の問いに、きつねが目を丸くする。

「そうだ」

「真は真実のことか？」

「ああ」

「真実は、本当のこと、嘘偽りがないことじゃないのか」

「そうだ。しかし、その本当、本物、真実とは、どのようにして決まっているのだろうな」

　きつねはウンウン唸りながら頭を捻ったが、答えが出てこないので、降参の眼差しをダイゴに向けた。

「どのようにして決まっているのだ？」

「例えば俺に触れた者が不幸になるという力。これが本物であるかどうか、どのように調べればいい？」

「触れることでしか調べられないのではないのか？」

「そう。しかし、実際に触れてみたところで、それが俺のせいであるかどうかを証明することはできない。そうであろう、不幸の全ての根源が俺という訳じゃあないのだから。人間には、偶然の不幸も訪れるのだ」

「……」

　ダイゴが言うことに「一理ある」と納得したのだろう。きつねは驚いたように目を見開き、瞬きをしていた。

「しかし、この判断が難しい状況を、無理やりに真とすることができる力がある」

「事実と違っていたとしてもか？」

「そうだ。それこそが人間の持つ力。お上が国の不幸を金眼白狐のせいにすれば、その判断がある側面では間違っていたとしても、民衆にとっての真実となる。多くの国を苦しめている飢饉も、悪政も、戦も、全て金眼白狐のせいになる。真実など、やり方次第で、いくらでも変えられるということだ」

金眼白狐の噂はきつねも子供のころから聞いている。過酷な仕打ちを受けてきたであろうダイゴの過去を思い、きつねの顔が曇った。

「しかし、それは実は悪いことではない」

「悪いことではないのか？」

「俺はそう思う。そうであろう。真実は自分で決められるということなのだから」

いつもは冗談を繰り返し、笑ってばかりいるダイゴであったが、このときの笑みはいつもと違った。満足そうで、噛みしめるようで。しかし、はっきり言わないものだから、ダイゴが何を言いたいのか、きつねには分からない。

ダイゴの真実とは何なのか？

そう問おうとしながらも、きつねは言葉を飲み込んだ。ダイゴには迷惑ばかりかけている。そんなダイゴの気持ちを、真実を耳にするのが恐かった。

本当はきつねを置いていきたいのではないのか。きつねのことを恨んでいるのではないのか。

もう誰も追ってきていないというのに、ダイゴは闇夜を走り続ける。消えない不安を、まとわりつく闇を、ぬぐい去るかのように。

ダイゴの腕に抱かれ、見上げた顔には黄金の二つの瞳が浮かぶ。その金の瞳の中には、きつねが映る。二つの人影は重なり、ゆっくりと、ゆっくりと、闇夜に溶けていく。


百鬼夜行。

それは妖怪の行列。魑魅魍魎が群れをなし、歩く様を指す。

しかし、妖怪が山のように集まり、酒を酌《く》み、笑い明かす「祭りの日」も、人の目からすれば、百鬼夜行に見えるのだろうか。

今日は祭り。妖怪の祭りの日なのである。人間の祭りは感謝や祈り、慰霊のために神仏および祖先を祀る儀式であるが、妖怪の場合は違う。単に酒を呑み交わし、久しぶりの再会を祝いつつのドンチャン騒ぎ、ただそれだけなのである。

きつねは昨日歩いた道の変わりように、目を見張って呆然とした。

街と街を繋ぐ道には、様々な妖怪が集まっていた。一つ目、河童、鳥のような羽根の生えた妖怪。色とりどりの鬼が酒を奪い合い、白い化粧のろくろ首が踊る。広場の中央では、鬼だかりができ、人形使いが十本の指で巧みに三体の老婆を操りながら、トンチンカントンチンカンと奇天烈な音とともに口上を次々と垂れていた。

思えば、その日のダイゴはおかしかった。きつねに柄ものの上等な着物を着せ、光る髪飾りまで差す。見慣れぬ足駄《あしだ》などどこから持って来たのかときつねが尋ねるが、それでもダイゴは「くくく」と笑うだけで。

何が起こるのかは分からなかったが、足駄をはき、初めて見る高い景色に、きつねの胸は高鳴るばかり。

出かけるダイゴの背中を慌てて追うと、行き着いた場所には、信じられない光景が広がっていた。ヤグラが組まれた祭りの中心は、踊り狂う妖怪たちで満ち溢れていた。どこを見ても妖怪、妖怪、妖怪の様子にきつねは目を見開いて驚く。

「これが我々妖《あやか》しの祭りだ。天狗、鵺《ぬえ》、ぬらりひょんに小豆《あずき》洗い、普段見慣れぬ三つ目入道の親父まで見ることができるぞ」

「すごい！」

きつねが目を輝かせて顔を上げると、ダイゴは真っ赤な鬼の面をかぶっていた。金色の瞳を隠すためだ。ダイゴは、同類である妖怪にすら嫌われている。その事実を思い出したのか、一瞬だけきつねの表情が曇った。その表情からきつねの胸中を察し、ダイゴは楽しそうに笑った。

「俺は祭りの日を毎年楽しみにしている。面をかぶって金の瞳を隠しても、不自然ではないからな。この日だけが、皆の前を堂々と歩けるのだ」

ダイゴの言葉に、きつねは微笑を返す。

「誰かに触れないように注意しなければな」

小声で話すきつねに、ダイゴがもう一度声を上げて笑う。

「そうだな」

青い怪火が点々と灯る道、みこしかつぎ、太鼓たたき、笛吹き、面売り、人形劇、飯屋の屋台は人間の祭りそのままで。ああ、めまいがしそうだ。きつねは周囲を見渡す。

くるくる、くるくる、くるくる。

きつねの目の前の景色は目まぐるしく移ろう。

くるくる、くるくる、くるくる。

飴屋の前で繰り広げられている小鬼と老人の交渉を見て、きつねは目を見張った。客の老人は、金銭ではなく、何か別のものを差し出していたのだ。それは数珠玉で作られた、小さな色つき人形。大きな指を器用に動かし、鋭い爪の先に人形をぶら下げている。

「あれは何を渡しているのだ？」

「あれか？　あれは妖怪の通貨だ。人間には見慣れないものだろうな」

「銅銭ではなく、人形で払うのか？」

「人形に限ったことではない。美しいものであれば、何でもよいのだ」

「何でも？」

「そうだ」

「まさか、それで？」

きつねは昼間、ダイゴが川原で綺麗な石を探していたのを思い出した。石拾いは祭りに備えた金銭集めだったのだ。

ダイゴは飴屋の前で止まると、小鬼の店主に石を差し出した。小鬼はヘイヘイと石を受け取ると、手馴れた動作でミソ飴を作って差し出した。

きつねは渡されたミソ飴を舐めながら、屋台を歩き回る。

「これを持っておけ」

ダイゴが渡したのは、とびきり綺麗な石。飛び交う怪火に照らされ、きらきらと光る石は、まるで宝石のようで。きつねは渡された石を、大事そうに撫でる。

「それはただの石だが、見つけた中では一番魅力的な石だ。気に入ったものがあれば、遠慮なく使え。ここにあるものなら何でも買えるだろう」

きつねは、ダイゴの助言に耳を傾けつつ、小さな石をそっと袖の中に入れた。せっかくダイゴからもらったので、記念にとっておこうと思ったのだ。きつねが石をしまう姿を見ていたダイゴであったが「まあ、いいか」と気にせず歩き出す。

きつね歩けば妖怪に当たる。

すれ違う妖怪が、人間にしか見えないきつねを、物珍しそうに一瞥する。

「ここまで完璧な変化を見るのは初めてだ」

きつねの姿を「変化」と勘違いする妖怪もあれば、

「見かけない顔ですね。何の妖怪ですか？」

と尋ねる興味津々の妖怪もいる。

しかし、いかなる質問が飛ぼうとも、きつねは妖怪ではないので、笑ってごまかすしかない。ダイゴは絵屋を通り過ぎると、お面屋の前で立ち止まり、何やら店主と交渉を始めた。きつねに面を買ってやろうと思ったのだ。

板を重ねただけの椅子に座るのは、白い頭髪が方々に散った爆発頭の老人で、くわえたパイプから紫煙が立ち上る。板の釘にかかる面は、狐の面、狸の面、人間の面。それに、大妖怪、天狗の面まで揃っている。

これまでいくつかの店で、すんなり交渉を成功させてきたダイゴであったが、今回は苦戦を強いられている。

「この石でどうだ？」

ダイゴの着物の懐から、きらめく石が顔を出した。

「ご主人、俺はねぇ、面一筋《ひとすじ》、二百年も造ってきた訳で。どれ一つとしてはずれのない、自慢のデキのお面なワケさ。その石は綺麗だ。確かに綺麗。綺麗キレイ。達観した者は、最終的に石を愛でると言うのもうなずける。ご主人、高名な石師とお見受けするが、しかしなぁ、それでも、俺の面を買うにはちぃとばかし足りない」

老人はそう言ってひざを叩き、欠けた歯を見せて笑った。

「おぃ、イカれ爺。俺が持っているのは、この石だけではないぞ」

「ほう、何があると？」

老人の言葉に、ダイゴがニヤリと笑みを作る。

「その小さな目を見開いて、よく見るがいい！　ここに立つ姫君は、千年来の美女きつね！　小野小町《おののこまち》も裸足で逃げ出す美しさよ！　この玉のように光り、よき香りのする少女を目にできる幸運は、どのような感動をも凌駕する。故に、そこにある全ての面を差し出したとしても、釣り合わぬであろう！」

ダイゴの大げさな口上に、老人がポカンと口を開ける。目を見開いたまま、老人はきつねに視線を移し、もう一度ダイゴを見た。

ダイゴの声が大きかったため、近くにいた飴を舐める三つ目も、踊り狂っていたカラ傘も、相撲をとっていた塗り壁も、皆一様に目を見開いてきつねの姿を見る。見られるきつねは、たまったものではないと、顎先から耳の先まで真っ赤にし、うつむいてダイゴの袖を握る訳で。

沈黙の中、面売りの老人の声が響いた。

「ふむ、確かに。こりゃ、美しい！　いやはや、やられてしまったわい！　これは一番デキのいい面を持っていってもらわなければ、釣り合わないな」

額を叩いた老人が、狐の面をきつねに渡した。きつねは手渡された面を見つめる。縦長の白面に描かれた目元の化粧は、燃え立つ朱と漆黒が絡まり、口元の紅はニヤリと笑みを作る。大きな耳は天に向かって伸び、怪しさとかわいさが、手のひらに溢れていた。

「この面はな、俺の最高傑作だ。売り物を全部持っていかれたら商売にならないから、これで勘弁してくれ」

見る見るうちに顔が赤くなるきつねは、熱を隠すように、うつむいて狐の面をかぶる。

面売りの老人は大きく口を開けて笑い、手を振って二人を見送った。

「ダイゴ、私はあんな恥ずかしい思いをしたのは初めてだ！」

「それで上等な面が買えたのだから、いいじゃないか。それに、俺はいいものを見られた。あんなに恥ずかしがるきつねは、珍しいからな」

前を向いたまま、ニヤリと笑うダイゴを見上げ、きつねがその場で足踏みする。

「珍しい？　最近はダイゴに恥ずかしい思いをさせられてばかりの気がするぞ！　この恨み、覚えておくがいい！」

「へいへい」

二人は一休みするために、河原へ出ようと妖怪たちの波を割って歩く。

様々な妖怪とすれ違う中、ダイゴは突然、声色を変えてきつねの耳元でささやいた。

「追われている。道を外れるぞ」

ダイゴが早歩きで暗がりの道へ出る。すると直ぐに、二人を追う影が声を荒げた。

「そこの糞狐、待ちやがれ」

二人が振り向くと、そこには金色の髪、赤い目をした着物姿の少年が、静かに佇んでいた。腰には刀をぶらさげており、青黒い着物が、温い風に揺れる。

「何だ、俺に用か？」

ダイゴが尋ねると、少年はその顔に笑みを作る。まるで女を思わせるその顔つきは、きつねも見惚れそうになってしまう。しかし、その顔を睨むダイゴの表情には、油断も隙もない。

少年はゆっくり口を開いた。

「面をかぶっても臭気は隠せないようだな、糞狐。俺を知らないのか？」

「知らん」

「大江山の酒呑童子と聞けば、いくら何でも分かるであろう。ふむ」

「知らん」

にべもなく言い切るダイゴに、少年は首を振った。

「寂しい、寂しいのう。糞狐。俺はかれこれ数ヶ月も貴様を捜していたというのに。どこで飯を食っても、どこで寝ていても、頭の上を飛び交うのは、金眼白狐の噂話。人間に唾を吐きかけられても、罵られても、棒で殴られても、怒らない腑抜けの疫病神。そのくせに、やけに強い妖力を持つとか。妖怪の恥さらしも恥さらしよのう」

酒呑童子は大げさに、調子よく、歌うように口上を羅列する。

「見つけたら、必ずこの手で殺してやろうと思い、ようやく見つけた貴様の後ろ姿。高鳴る胸は、恋する姫君と同じものか。あぁそれなのに、貴様は俺のことを知らない。片想いがこれほどまでに胸に刺さり、締めつけるものとは。このような苦しみ、耐えようがないぞ。のう」

「知るか阿呆。失《う》せろ。さっきから貴様から匂う死体の臭いが鼻についてたまらん。お前のような不愉快な下郎は、いつもなら八つ裂きにして喰ってしまうところだが、阿呆、運がよかったな。俺は今、破れない約束があって、無駄な殺生をしない。俺の気が変わらないうちに、今直ぐ失せろ」

「ほう、俺を八つ裂きにすると？　やってみろよ、糞狐」

「ダイゴ……」

酒呑童子とのやり取りを見たきつねが、不安そうにダイゴを見上げる。

「大丈夫。殺しはしない。それに、直ぐに済ませるさ」

妖怪の群れからは離れたため、目立つことはないと判断したダイゴが、酒呑童子を睨む。

「死んで後悔するがいい。ふむ」

酒呑童子は撫でるように柄を触っていたが、いつの間にか抜刀していた。その切っ先が、ダイゴの目の前で振られる。が、ダイゴの扇子が刀に変化し、酒呑童子の攻撃を寸前で弾いた。

「強い！」

酒呑童子が嬉しそうに叫ぶ。僅か一撃。しかし、その耐え難い重みは酒呑童子の顔をほころばせた。

「これだから、戦いは止められない！」

酒呑童子はその場で右方向に回転し、踊るように刀を繰り出す。

薙ぎ、突き、突き。

それを更に、ダイゴが踊るようにかわす。かわして、かわして、重い一撃を放つ。

酒呑童子はダイゴの一撃が放たれる度に、刀で受け、ひざをつき、回転し、重さに耐えた。だが、その一撃の重さは、折り重なり、酒呑童子の集中力を磨耗させる。対するダイゴの刀は、何度も、何度も襲いかかり、次第に酒呑童子の顔から余裕が消えていく。あまりの重みで酒呑童子の口元が緩み、よだれが垂れ、飛び散る。

「何故だ！　何故、こんなにも違う！」

「鍛え直せ、小鬼」

「俺は、俺は酒呑童子だぞ！　大妖怪の一鬼だぞ！　こんな！　こんな！」

「くくく。それで大妖怪を名乗るのか。浮世は広い。俺より強い妖怪なんぞ、山のようにいるはずだぞ」

天高くから落とされたダイゴの一撃が、遂に酒呑童子の集中を切らす。

「ぐうッ！」

両手で構えた防御が崩れ、酒呑童子の身体が土の上を転がったのだ。携えた刀は、刃こぼれが酷く、もう斬ることは叶わない。酒呑童子は地面に唾を吐くと、刀を収め、脇差しに手をかける。

その姿を見たダイゴが、ゆらりと揺らめき口を開く。

「小鬼、俺はな。きつねに言われたことで納得できないことがある。人を殺すな？　命が大事？　そんなものは馬鹿げていると思わないか？　糞みたいな悪人が、大根を切るように人を斬る。気に入らないという理由で、お上が人を殺す。己の不幸を他人のせいにし、石を投げる。健気《けなげ》に生きる少女が、腹いせで打たれる。飢饉で虫けらのようにバタバタ人が死んでいく。阿鼻叫喚、見渡す限りの地獄絵図の中で、価値のある命などあるものか？　糞みたいな人間は、糞みたいな妖怪は、殺しても構わない。そう思わないか？」

酒呑童子は、ダイゴの問いかけに答える余裕がない。肩で息をしながら、脇差しを正面に構え、相打ち覚悟の突進に切り替える。

「黙れ、糞狐！」

しかし――。

その刹那、怪火が飛び交う闇の中で、ダイゴは面を外した。

闇を射抜く金色の瞳が、深く沈む闇の中で姿を現す。

ダイゴの金眼を見た瞬間、酒呑童子がその場から飛び退いた。

「ほう、ようやく力の差に気づいたか？」

酒呑童子はカチカチと歯を鳴らし、額の汗もぬぐわないまま、脇差しを収めて後ずさりした。

「覚えておけ、糞狐。俺は酒呑童子。百年経とうと、俺は力を磨き、刀を研ぐ。千年経とうと、貴様の臭いをたどり続け、地獄の世をさ迷い続ける。いつの日かこの刀の錆にし、俺が一番強いことを証明するために……さらば」

酒呑童子の身体が、闇に溶けて消えた。

「ダイゴ……」

「せっかく楽しんでいたのに興ざめだな」

ダイゴは祭りの火が踊る場とは真逆の方向に歩き出す。きつねは先ほどの台詞が気になっているのか、心配そうな顔でダイゴを見上げていた。

「大丈夫、脅しで言っただけだ。お前が命じたことは、俺にとって絶対だ。納得できなくとも、誰も殺しはしない。元より、俺は石を投げられても、罵声を浴びても、自ら進んで誰かの命を奪ったことなどない。そうだろう、怒りに狂って人を殺せば、噂を認めることになる。今と昔、理由は違えど、無駄な殺生はしないのだ」

「盗賊は斬ったがな」

「あれは……お前を守るためだ。俺はお前を守るためであれば、人を再び殺《あや》める日が来たとしても、仕方がないと思うだろう」

「そう言えば、いいと思っている」

「思っているさ。何せ、千年に一人の美女なのだからな。惑わされても仕方がない。くくく」

「だから！」

　恥ずかしさで顔を朱色に染めたきつねが、再度狐の面をかぶる。白い狐の面で表情を隠したまま、大笑いするダイゴの背を追う。しばらく川辺を歩いたのち、ダイゴが独り言のようにつぶやいた。

「しかし、あの小さかった餓鬼が大きくなったものだな」

「さっきの妖怪を知っていたのか？」

「ああ、向こうは忘れているだろうがな。五十年くらい前か、あいつが死にかけているのを助けたことがある。見た目は五歳ぐらいだったか。肋骨が浮いた腹を抱えた小さな餓鬼が、半開きの口からよだれを垂らして河原に捨てられたのさ。泥だらけで動かないから、最初は死んでいるのかと思った。俺は人間も妖怪も嫌いだが、何も分かっていない子供に恨みはない。気まぐれで串刺しの焼いた鮎を一尾投げてやったんだ」

「それで?」

「あいつはおいしそうに頬張って、骨まで綺麗に胃の中に詰めた。そこまではいいとして、あろうことか、おかわりまでせがみやがった」

「あげたのか?」

「いや、やらなかった。一尾投げたのも気まぐれだったしな」

ダイゴが続きを思い出したのか、再び口を開く。

「そうだ、俺はあのとき、確かこう言った。食い物くらい自分で探せ。この時世、誰もが自分のことで手一杯で、他人を助ける余裕なんざねぇんだ。泥臭くても、這いつくばってでも、自分の力で生きてみせろ。強くなればうまいもんで腹が満たせる。強くなきゃ、この世は生きていけない。弱い自分が悔しかったら、生きたかったら、誰よりも強くなってみせろ、と」

「ダイゴ。私はあの妖怪が強い者を探しさ迷っている理由が分かった気がする」

「……難儀だ。まさか自業自得だったとはな」

仮にダイゴがきつねと出会わなければ、酒呑童子のように、間違った強さを求めていたかもしれない。

強くなければ生きていけない。

その考えは、ダイゴにとって未だ不変であったが、強さというものは、決して単純なものではないと、実感しはじめていた。

ダイゴときつねは、祭りの音に負けじと笑い合い、語り合う。怪火漂う闇夜の道を、二人が歩く。温い風が吹き、虫の鳴き声の中に、二つの談笑が溶けてゆく。


季節はめぐる。

アッという間に夏が去り、寒い冬が訪れる。更に季節はめぐり、萌芽が姿を現しはじめたころ。きつねとダイゴは、日本各地を転々とする長い旅路の中で、ようやく腰を据える場所を見つけていた。

それは久しぶりに戻った京の山に建つ、壊れた神社である。

二人がその場所を見つけたのは偶然であった。

山の麓に見つけた石段を上った先、色あせた鳥居が見えたので、かろうじてその場所が神社だと分かったが、本殿や拝殿があったであろう場所には、折れた板や、破れた障子が折り重なっているだけである。雨ざらしとなっていたためか、板は塗装が剥げ、朱色はまだらに、柱は折れて傾いていた。

「物がないところを見ると、賊が荒らし、そのあとに嵐が吹いたのか。まったく罰当たりな輩だ。だが、無事な建物も見える。今日はここを宿にするか」

独り言のようにつぶやき、倉に入っていくダイゴの背を、きつねが追う。倉の中は月の光が差し込まず、一寸先も見えない暗闇であったが、ダイゴが狐火を掲げ、隅に藁が重ねられているのを見つける。しめった埃の匂いがしたが、野宿が多い二人にとっては、十分な寝床であった。

次の日の朝。

ダイゴはきつねの感嘆の声に目覚める。ダイゴは小袖の上に着物を羽織ると、目を擦りながら戸を引いた。高台から見えるのは、ふもとの先に広がる街、流れる小さな川、遠くに並ぶ山々。それらを照らす低い太陽は、柔らかく地上を包んでいた。

何より、夜は気づかなかった薄紅色の桜が、森の中に点々と色づいている。きつねは右から左にせわしなく歩き、はしゃぐように周囲を見渡す。

「綺麗だ！」

確かに綺麗だと、ダイゴもうなずく。これまで賞金目当ての武士や賊に追われ、落ち着く暇がなかったので、特にそう感じるのかもしれない。嬉しそうにはしゃぐきつねを見たダイゴは、静かに裏の森へ入った。巨大な樹木を正面に、妖力で一刀両断。倒れた木を器用に板の形に切り、組み合わせて倉の中に机や台を作る。一面を雑草が覆う畑は耕し、種を撒《ま》く。

せわしなく動くダイゴを見たきつねは、自然と手伝いをしていた。一日、二日、一週間、一ヶ月と経つころには、本殿や拝殿、神社を囲う塀が復元され、荒れた廃墟が、神社らしく姿を変えていた。

こうして、高台にある森の中の神社が二人の家となり、ようやく落ち着ける場所ができた訳であるが、それは暇もできたということであった。

ダイゴはきつねと街に出て、人の噂に耳を傾けた。街は人気作家の噂で賑わっていたので、ダイゴはきつねにお使いに行ってもらい、写本を取り寄せる。

しかし、そもそもダイゴに読書の趣味はなく、直ぐに飽きて本を床に放り投げたのだが、今度はきつねが目を輝かせて読んでいた。

きつねはダイゴから読み書きを習うと、暇さえあれば写本を読みふけった。読めない字や分からない言葉が出てくると、その度、ダイゴに尋ねる。きつねは女将のところでは礼儀や法度《はっと》を教えてもらうどころか、まともな食事さえ与えられなかったが、好奇心は人一倍旺盛であった。

その日もきつねは写本を抱えて、外で休むダイゴのもとへ走った。

「これは何と読む？」

「マツムシだな。夏から秋にかけて見る虫だ。松林をわたる風のような音で鳴く。それから飛ぶ」

「飛ぶのか？」

「あれは飛ぶぞ」

「そうなのか」

「ああ。……そうだな、来年はマツムシが飛ぶのを見に行くか……うおッ！」

得意げにうんちくを垂れていたダイゴであったが、突然、座っていた石の上から飛びのいた。素早い跳躍を繰り返し、瞬く間に枯れ木の枝に飛び乗る。

きつねは何事かと目を丸くする。

「マツムシだけでなく、ダイゴも飛ぶのだな！」

「そんなことを言っている場合ではないッ！」

きつねが下を向くと、ダイゴが座っていた場所には、どこから迷い込んだのか、猫が座っていた。

猫は不思議そうな顔でダイゴを見上げていたが、ダイゴが相手にしてくれないと分かると、灰色の尾を真っ直ぐ伸ばし、きつねの足にすり寄った。

「何を驚く、こんなにかわいいのに」

きつねは猫を抱えてダイゴに見せた。猫もそれにあわせるように「ナー」と鳴く。

「きつね、覚えておけ！　ね、猫は恐ろしい。恐ろしい生き物なのだ！　以前、化け猫と戦ったことがあるのだが、あれは滅法《めっぽう》強かった」

「化け猫が？」

「そうだ。何の因縁か、百年に一度くらいは遭遇する！」

いつもは憎たらしいほどに何事にも動じず、涼しい顔で物事をこなすダイゴが、恐怖のあまり身体を小さく丸めて口を尖らせているものだから、きつねは腹を抱えて笑った。

「笑うな、きつね！　お前も化け猫に遭遇すれば、その恐ろしさが分かるはずだ！」

「一度くらいはその化け猫とやらを見てみたいがな。私は百年も生きられないぞ」

「ぐぬ、そうか、人間は百年すら生きられないのだな」

ダイゴの寂しそうな声に、きつねの表情も曇る。

「そんな顔をするな。人間の生涯も、楽しめば悪くはない」

何気なく言葉を交わし、何気なく日々を送る。平和な日々が過ぎていった。

朝は買ってきた食材や、育てた野菜で飯を作り、昼は散歩や探索をして、疲れたあとは昼寝で横になる。夜は静かに月を眺め、ダイゴが酒を飲む横で、きつねは水の音や虫の音に耳を傾ける。

平凡な日が過ぎ去り、訪れたある涼しい初夏の夜。

きつねは神社の石段で星や月を眺めていた。しばらくすると、きつねの横にダイゴが腰を下ろした。月の光に照らされた低い雲が静かに移動する様は、きつねの視線を奪い続ける。

そんなきつねを一瞥したダイゴは、きつねを真似て空を見上げた。

「きつね、俺はな。お前の様々な表情を見られて満足している。だが、最近、一つだけ見ていない表情があることに気づいた」

「何だ？」

「お前が泣いたところを見たことがない」

「くくく。私を泣かせたいのか？」

きつねの笑い声に、ダイゴは一拍置いて、真剣な眼差しを向ける。

「きつねよ、お前は人を憎んだり、己の境遇を悲しんだり、そうした感情を抱くことがないのか？」

きつねは冗談で返そうと思っていたが、ダイゴの真剣な目を見て止める。

「最近まではなかったのかもしれないな。私も驚いているのだ。ダイゴに出会って、この世の成り立ちや、人間の様々な感情を知った。思いっきり笑ったり、怒ったりするダイゴを見て楽しそうだと思ったし、私もいつの間にか笑ったり、怒ったりしていることに気がついたのだ」

「それでは、改めて聞きたい。あの油屋での出来事も、内心では怒っていたのか？　悲しんでいたのか？」

「……分からない。だが、小さなころに亡くなったお母様が、私に教えてくれた言葉があってな」

一拍置いたあと、きつねが顔を上げた。

「心で思うこと、心が大事だ、と」

「心、か」

「心で思えば、それは真となる。私は自分が幸せだと言い聞かせていた。どんなことがあっても、怒らず、悲しまず、幸せなんだと言い聞かせた」

「……」

「しかし、私はお母様の言葉の意味を履き違えていたのかもしれない」

それでは、きつねの母の言葉の真意は何だったのか。ダイゴは気になったが、遠くを見つめるきつねの表情が曇ったのを見て気づかう。

「……それで、お前はいつ泣くのだ？」

「しつこいぞ、ダイゴ。私は泣かぬ」

「これはまた難儀だ。俺はお前の表情を全部見たいというのに。いつか必ずお前を泣かせてみせるからな」

「その宣言はどうなのかと」

月下の神社で、もう一度笑顔が咲いた。ダイゴの笑顔に誘われ、きつねもニッコリと笑う。穏やかな夜、虫の鳴き声の中、ダイゴがそっときつねの頭を撫でる。きつねは眼を閉じて、ダイゴの手のひらの温かさを、噛み締めるのであった。


高台に立つ小さな神社が、二人の家となって三年。

金眼白狐を見かけなくなったからか、それとも功名心に駆られて嘘を報告した者がいたのか、それとも政治的なものか、金眼白狐は討伐されたことになっていた。

妖怪であるダイゴの姿に変化はほとんどなかった。神官の格好に飽きたのか、直垂《ひたたれ》を着けることも多かったが、変化と呼べるものはそれくらいで。

一方で、人間であり、成長期にあったきつねの姿は、見違えるようであった。

伸びた四肢に、減り張りがついた身体。よく手入れをされた長い髪は絹のように滑らかに流れ、垂直に肩へ落ちる。漆黒の瞳は、周囲のものを吸い込みそうなほどに深く。街で手に入れる魚や、畑で育てた野菜、山の水は、十八となったきつねの身体を十分なほどに大人の姫君にしていた。

ある日の夕刻。ダイゴは街の外できつねの買い出しが終わるのを待った。きつねの買い出しが終わり、並んで帰路をたどるダイゴときつねであったが、ふとダイゴが口を開いた。

「きつね、お前はいつの間にか変わったな」

「それが人間というものだ。それで、どのように変わったと思うのだ？」

きつねは期待の眼差しでダイゴを見上げる。出会った五年前から大分成長したものの、ダイゴの身長には及ばない。

「背が伸びた」

「それで？」

「髪が長くなった」

「もっといい感想はないのか？」

ダイゴは顎に手をあて、頭を捻った。

「重くなった」

捻った割には、きつねが求めている答えを引き出せないようで、きつねは冷淡に返す。

「ダイゴ、それはよくない感想だ。以後、封印せよ。他にはないのか？」

「そうだな、胸も大きくなったたな」

「今日の晩飯はなしだ」

本気で怒るきつねの背を見て、ダイゴは困ったように笑う。

「まったく、歳は取っても、中身は変わらないな」

つぶやくダイゴの顔は、台詞の内容の割に穏やかだった。

きつねの怒りは、神社に戻っても収まることがない。神社の隣に建てた小さな家の中。カマドの火を調整しながら、口を尖らせている。

「それで……ダイゴ。何か言うことはないのか？」

ダイゴは「言うこと」と問われ、一つしかないと思い至る。

「結婚しよう」

「そうではなくてッ！」

ダイゴの即答に、きつねの頬が赤く染まっていた。これまで幾度となく、きつねも耳にしている言葉であるはずが、最近は以前より恥じらい、大きな反応を示すことが多かった。

この変化がダイゴは嬉しかった。一つ面白くないとすれば、なかなか首を縦に振ってくれないことか。何度も言いすぎて、冗談だと捉えられているのかもしれない。

しかし、このダイゴの言葉のお陰できつねの機嫌は直ったようで、窓際に下げた干し肉に向かって背伸びしながら「今日はこれも一緒に食べよう」と促した。

ダイゴは晩飯抜きの刑が免除されたことに安堵しつつ、干し肉に苦戦するきつねを見て、ゆらりと立ち上がる。少々高い位置に下げてしまった干し肉を、きつねの代わりにダイゴが取る。何気ない行動であったが、触れそうなほど近づいたからか、きつねが恥ずかしそうにうつむいていた。

渡された干し肉を手に、上目遣いにダイゴを見る。

「ありがとう……」

「どういたしまして」

ダイゴは干し肉を渡すと、外に出て夜風にあたった。

ダイゴはいつも涼しい顔、余裕のある行動できつねに接しているので、傍から見れば、きつねばかりが恥じらっているように感じるかもしれない。しかし、実はダイゴも限界であった。

どれだけときが経とうとも、近づけば緊張するし、衝動的に抱きしめたくなってしまうことがある。何か理由がなければ、触るだけでも怒られてしまうし、なかなかうまくはいかないものなのだが。

生い立ちが生い立ちなだけに、きつねの心が変わるのは、何においても時間がかかった。心から笑ってくれるのも、怒ってくれるのも、それだけの時間がかかった。だから、無理は言えなかったし、ゆっくり待とうと考えていた。それでも、なかなか進展のない恋に、ダイゴも何も感じない訳ではない。

ダイゴは懐から酒を取り出し、愚痴の一つでもこぼそうと、月に向かって一杯掲げたが――ちょうどそのとき、きつねの声が響いた。

「ダイゴ！　手伝え！　この肉は固いぞ！」

「……。はいはい」

きつねが感情豊かになったのはいいものの、以前より一層うるさく、怒りっぽくなった。こればかりは、どうにかしなければ結婚後が思いやられるな。ダイゴはそう心の中で付け足し、出した酒を戻して微笑した。

そして、愛しい姫君のもとに戻るのであった。

二人は神社に住んでから、人と関わることがほとんどなくなっていた。身をひそめたおかげで襲う者もおらず、訪れる数々の不幸も撥ね除《の》け、最早、二人は運命を忘れかけていた。

人や妖怪は幸せなときほど、不幸について考えないものなのだろう。二人は他愛のない会話を繰り返し、過ぎてゆく日々も気に留めず、笑顔を咲かせ続けた。

しかし、金眼白狐の不幸は彼らを見逃してはくれない。穏やかな日々は長く続かなかったのだ。


ある春の日の夕方、きつねは食材を手に入れるため、街へ出かけた。

街へ出るきつねは、赤い着物を羽織り、髪を結って笠をかぶる。きつねの並外れて美しい容姿は目立ってしまうため、ダイゴが気を利かせたのだ。

きつねはいらないと突っぱねるのだが「ほかの男に見初められ、かどわかされでもしたら大変だ」と頑として聞かないダイゴに、毎度根負けしてしまう。心配性なダイゴの扱いに苦笑しながらも、きつねは内心少しだけ嬉しかった。

そのきつねの背を、見知らぬ人影が追っていた。

きつねはあとをつける影に気づかず、神社の石段を上る。

神社で草刈りをしていたダイゴは、きつねではない気配が近づくのを察知し、石段の前まできつねを迎えに出た。

「遅くなったな、ダイゴ！　今帰ったぞ！」

鳥居をくぐるきつねを見たダイゴは、後方に鎌を投げ捨て、きつねに駆け寄った。

「逃げるぞ」

「逃げる？」

きつねは背負っていた籠を下ろし、不思議そうに首を傾げていたが、ダイゴは説明もせず、きつねの手を取った。砂利の上に置いた籠が倒れ、中の山菜が落ちるのも気にしない。

「な、いきなり何をする！」

きつねはダイゴに手を取られ、恥ずかしそうに頬を染めた。五年前から、逃げる度に身体を触られていたが、何故か最近は気になって仕方がないのだ。

「強い力を持つ者が、このあたりをうろついている」

「……金眼白狐狩りか？」

「おそらくな。しかし奴らも金眼白狐を狩る暇があったら、苦しむ人間を助けることに力を入れればいいものを」

「まさか、私のあとを追って……」

唇を噛むきつねに、ダイゴはほほ笑みかける。

「きつね、心配するな。お前も知っているだろう。俺の足は速い。森を抜ければ、追ってはこられまい」

相手の気配は二、三人というところか。ダイゴはつぶやくと、小袖姿のきつねを軽々抱き抱え、地面を蹴ってその場から消えようとした。

しかし、状況はダイゴが考えていたよりも深刻であった。

既に、飛びかかれば届く距離に人影が立っていたのだ。

石段の上、正装の陰陽師が剣を抜く姿を認め、ダイゴは身構えた。想像を超える強い力、予期せぬ神器《じんぎ》の気配に、ダイゴの肌が粟立つ。

春の寒空に、陰陽師の高い声が響く。

「我は中務省陰陽寮の者。我には帝より授かった天叢雲剣がある。一振りでお主を闇へ返す代物だ。金眼白狐よ観念せよ、いくら大妖怪とて、神器は防げまい」

「天叢雲剣、だと？」

ダイゴが目を剥く。高等な妖怪や、強い妖力を持つ妖怪は生命力が強く、一般的な武器では殺せないに等しい。相応の時間が経てば、傷が癒えて再生してしまうのである。金眼白狐は妖怪の中でも並外れた妖力を持っており、完全に滅するには、それ以上の妖力か、神通力を込めた武器で致命傷を与えるしかないのだ。

金眼白狐を完全に滅するのに、三種の神器の一つであり、八岐大蛇《やまたのおろち》の尾の中から出てきたと言われる「天叢雲剣」は十分であろう。

「まさかそんな武器まで持ち出してくるとはな」

それだけではない。その陰陽師が周囲にまとう力は、これまで会った追手の誰よりも強いものであった。

「お主を倒すために使った三年だ。ここで仕留められねば困る」

刀の柄を握るのは、珍しくも女の陰陽師であった。男装し、男の言葉を話しているが、姫君を思わせる整った顔と雪のように白い肌、長い睫毛は隠しきれない。

ダイゴときつねはその姿に見覚えがあった。

三年前に神主姿のダイゴを金眼白狐と見抜いた、菊田という陰陽師だ。

「厄介だな」

ダイゴがつぶやいたその刹那、菊田が横なぎに剣を振った。

ダイゴは強襲の剣を顎寸前のところでかわすと、口から狐火を吐いて応戦する。しかし、狐火は陰陽師の二度目の剣の振りで二つに切り分けられ、空中に霧散した。

これまで相手にしてきた陰陽師とは格が違う。妖しを断ずる真の力を持ち、慢心せずに修練を重ねた剣の技は、ダイゴを焦らせた。

今回ばかりは分が悪い。ダイゴの焦りが伝わったのか、きつねが叫ぶ。

「私を捨てて逃げろ！」

脚をばたつかせ、ダイゴの腕からすり抜けようとするきつねであったが、ダイゴはそれを許さない。両腕の力を強め、きつねは身じろぎすることすらできなくなる。

「大人しくしていろ」

ダイゴの言葉が終わるのを待つことなく、目の前の女の合図で、後方に控えた者たちの矢が放たれた。

ダイゴの予想は外れていた。草の匂いを身体につけ、匂いでは判別できないようにしていたのであろう。二、三人どころではない、十人近い影が放つ矢は、まるで雨。相手が金眼白狐狩りのために組織された、一線級が揃う陰陽師や武士の集団であることを認め、ダイゴは唇を噛んだ。

矢の雨を避《よ》けるため、ダイゴは陰陽師たちに背を向け、きつねを抱えたまま走った。

逃げる間も、矢の雨が背中を追う。

ダイゴは森の奥へ入った。木の枝が頬に触れ、血が流れる。木の根が脚にあたり、音を鳴らす。きつねの身体を守るように、前かがみになったダイゴが、全速力で森を駆ける。次第に周囲が暗くなっていく。

闇夜に浮かぶ月の光が、仄《ほの》かにダイゴの顔を照らす。その顔は、いつもの余裕のある顔だが、額に流れる汗をきつねは見逃さない。きつねはダイゴの腕の中で揺れながら尋ねた。

「汗をかいているぞ?」

「お前を抱いているから緊張している。慣れないものだな」

大吾はそうつぶやいてほほ笑んだ。

きつねもつられ「馬鹿を言うな」と笑う。

森を進む中、桜が咲き乱れる一角に入ったあたりで、その走りが次第に遅くなる。突っかかるような歩みに、きつねが不安の声を漏らす。

「どうした、ダイゴ、疲れたのか?」

「これしきで俺が疲れるものか。これは踊りだ。踊りを踊っているのだ。お前に結婚を申し込むための踊りだ」

「妙な踊りだ。それでは結婚できないぞ」

きつねの意地悪に、ダイゴが笑みを漏らす。

「これならどうだ？」

ダイゴが目を細めると同時に、咲き乱れていた桜が青白く光り出した。

ここ五年、毎年のように見上げた薄紅色の桜が、見慣れぬ青に染め上げられる。

これにはきつねも感嘆の声を漏らさずにはいられない。

青い桜は月光に照らされ、幻想的に散り、光る。

ゆらり、ゆらり、ゆらりと、散り、光る。

「綺麗だ」

きつねが目を細めて青白く光る桜を見上げ、ダイゴが歯を見せて笑う。

もう誰も追ってはこないと判断したのか、ダイゴは走るのを止めた。ゆっくり歩きながらつぶやく。

「きつね、俺はこの世に勇士などいないと思っていた」

「ゆうし？」

「この世は、醜い悪意が蔓延《はびこ》る、汚い世界だと思っていた。それも一つの解であり、間違いではないのだろうが」

ダイゴの横顔は、いつになく真剣だった。だからこそ、ダイゴが何を言っているのか分からなくとも、きつねは静かに耳を傾ける。

「きつね、この森を出たら、俺と結婚してくれないか？　俺はな、お前の強さに惚れた。

誰にも負けない強さに惚れたんだ。己の考え方次第で、幸せも、真実も変えられる。そう教えてもらった。俺もお前のように強くなりたい。たとえこの世が歪な形をしてようとも、醜い自分に気づかされようとも、それでもなお、勇士でありたい心を諦めたくない。お前と出会えたことで、心からそう願えた」

ダイゴの心のうちを聞けたことで、きつねの頬は朱色に染まっていたが、ダイゴの顔には、いつもの余裕の笑みが張りついていたので、きつねはおもしろくないと口を尖らせる。

「ダイゴは意地悪だからな。結婚は断る」

内心では結婚してもいいいと思っていた。しかし、きつねは、この何でもない会話を続けたかった。

ダイゴを困らせたかった。甘えていたのかもしれない。

「断るか……ふっ」

ダイゴは笑う。

「しかし、な。覚えておくがいい。俺はな、どれだけときが経とうとも、どのような不幸が降りかかろうとも、お前を……守る。絶対に、だ」

絶対に守る。何故、そのような大それたことを突然言い出したのか。きつねには分からず、目を剥いた。いつも通りだったはずの横顔は、少しだけ、目が細められる。

「まさか、こんなところで気づかされるなんて……お前の言う通りだ、命は大事なものだ」

悪い予感がして、きつねが何か口にしようとするが、ダイゴが許さない。最後まで聞けと、抱きしめる強さだけで伝えてくる。

「俺は……死にたくない。そこに理屈などないのかもな……」

徐々に傾くダイゴの腕が、きつねの身体をすべっていく。

「俺はお前のことが好きだ……ずっと、守って………」

それが、ダイゴの最期の言葉だった。

歩みを止め、倒れ込むダイゴの重さに、きつねが「ダイゴ」と叫ぶ。

しかし、ダイゴはきつねの言葉を無視し、そのまま土の上に伏してしまう。

きつねはダイゴの腕から這い出て、一体何の冗談なのかと文句を言おうとしたが。

ダイゴの背を見た瞬間――きつねの世界から色が消えた。

ダイゴの背中に刺さる、無数の矢。

神社の石段前、矢の雨から逃げる際に、受けたものであった。

神器を溶かし、打ち直した矢なのかもしれない。

その矢は、ダイゴを殺した。

きつねを守るため。

きつねを心配させないため。

ダイゴは一言も「矢を受けた」とは言わなかった。苦しいとさえ言わなかった。

ただ涼しい顔で「大丈夫」と繰り返した。

きつねは、叫んだ。

どれだけ棒で打たれようとも、どれだけ折檻《せっかん》を受けようとも、どれだけ罵声を浴びせられようとも、石を投げられても、唾を吐きかけられても、のけ者にされても、病で生死を彷徨《さまよ》っても、涙一つこぼさず、凛と佇み、運命に抗い、戦ってきたきつねが。

天を仰いで咆哮を上げた。

ああ、私は馬鹿だ。

何故、ダイゴの変化に気づかなかった。

何故、最期の言葉と知らずに、ダイゴの告白を真剣に聞かなかった。

何故、戦うな、人を殺すなと命じたのか。

その刹那——。

生まれて初めて——。

きつねの胸の中に——。

黒い水滴が——。

ただ、一滴だけ、ぽつりと

落ちた。

水滴は、開かれた傘のように波紋を広げ、くるくると廻り、きつねの細い四肢を蝕《むしば》む。

くるくる、くるくる、くるくる。

黒い水滴は染みとなり、きつねの心を食い尽くす。

生まれて初めて、きつねは人間を「憎い」と思った。

生涯の中で初めて、人間を「殺したい」と願った。

歯を鳴らして震える中、どれだけ呪いの言葉を心の中で繰り返しても、ダイゴは動かず、ただただ横たわっているだけで。きつねは自らの震える肩を抱き、静かにひざまずいた。

頬を流れる涙もぬぐわずに、ダイゴの顔をこちらに向け、その開いた唇に——口づけする。

その唇から溢れる血を、喉に流す。

冷たく、乾いた唇から受け取った血液は、きつねの喉を通して全身に巡る。きつねは、ゆっくりと立ち上がった。

ダイゴの痛みや、ダイゴの苦しみを共有するかのように手足が熱くなり、痺れが走り回る。

黒い瞳は墨が抜け、満月を思わせる金色へと変わった。

不死の力はきつねの身体を数年分ほど若返らせる。

成長し、大人の姫君となっていた四肢は細く、短くなり、髪も短くなって、十三歳のころの、少女の身体に巻き戻っていく。

それは奇しくも、ダイゴと出会ったときの身体。

きつねは左手に現れた刀を引きずり、暗い森を歩いた。

携える妖刀は、燃えるように熱く。

暗い、暗い闇に沈みそうな胸を抱えて。

踏み込む枝は脆く割れ、触れた花は腐り落ちる。まるできつねのために道を作るように、身体に触れた草木は枯れていった。

上下の歯は強く噛まれ、瞳ははるか遠く、一点を睨み続ける。

月下に並ぶ二つの金眼は、人間どもを探して闇を彷徨う。

きつねが、不幸を呼ぶ金眼白狐となった瞬間であった。

陰陽師たちは、暗い夜道を式神《しきがみ》の放つ光を頼りに歩いていた。その歩みは静かであったが、きつねが近寄る気配を察し、ほぼ同時に歩みを止める。

「何……だ、この力は」

先頭を歩く男装の陰陽師、菊田が印を結ぼうとしたその刹那――。

眼前にきつねが現れ、刀を振っていた。目視で追いつかない速度であったが、長年の経験から反射的に式神を放ち、刀を防いでいた。

「こ、これは……何だ、この力は！」

弓を引く後方の陰陽師が一斉に矢を放ったのを認め、きつねは咆哮を上げた。その咆哮だけで森の葉が揺れ、矢は落ち、陰陽師たちは身動きが取れなくなる。

コロサレル——。

一瞬のやり取りだけで、陰陽師や武士たちは死を覚悟した。

それだけの力量差であった。

ダイゴはこれだけの力を持っていながら、きつねを守ることを優先し、矢を受けて死んだ。その理由はきつねの命令であり、きつねの言葉がダイゴの行動を縛った結果。

その事実が、きつねの胸を鷲掴みにし、己に対する沸騰するような激怒が、激しく鼓動する呪詛が、黒々とした叫びが、うねりが、腹の底から這いあがり続ける。

きつねの初めて放たれたむき出しの感情は、きつねの身体を勝手に動かし、刀を振らせた。

電光石火。

音すら置き去りにした斬撃、美しい円を描きはじめた刀の軌道は、先頭に立つ陰陽師の首を一直線に撥ねる——と見えたが。

その刃は、陰陽師の首寸前で止められていた。

ダイゴが死に際に作った青い桜の花びらが一枚、きつねの鼻先に落ちたのだ。

『俺はな、お前の強さに惚れた。誰にも負けない強さに惚れたんだ。己の考え方次第で、幸せも、真実も変えられる。そう教えてもらった。俺もお前のように強くなりたい。たとえこの世が歪な形をしてようとも、醜い自分に気づかされようとも、それでもなお、勇士でありたい心を諦めたくない。お前と出会えたことで、心からそう願えた』

ダイゴの台詞が、ダイゴの香りが、ダイゴの声が、ダイゴの仕草が、ダイゴの笑顔が、次々思い出されてきつねの刀を止めた。

身体中の震えが刀を伝わり、切っ先がカタカタと、陰陽師の首を撫でる。血が流れるが、その刃が肉に食い込むことはない。

「ひッ」

震える陰陽師を見据えたまま、きつねは大きく息を吸うと、刀を消し、静かに踵を返した。

後方で弓を構えていた者は震え、式神を放とうと構えた者は立ち尽くし、刀を向けられた者は、ひざから崩れ落ちる。もう誰一人、金眼白狐を追おうとする者はいなかった。

きつねは草が枯れた道をたどり、もう一度森の奥へ進んだ。咲き乱れた青い桜に歓迎されるように。

草木は枯れても、青い桜だけはきつねの身体に触れても枯れることがない。青い花びらは、きつねの肌をすべり、ひらりひらりと着地してゆく。きつねは眉を下げ、視線を左右に走らせながら前に進む。

しばらくすると、木々に守られるように眠る、小さな白い狐が視界に入った。きつねは駆け寄り、狐を優しく抱き寄せる。

狐の姿に戻ったダイゴは静かで、きつねの両腕に抱かれていても軽口を叩くことはない。

きつねはダイゴの口元についた血をぬぐってやり、着物の袖を破って小さな身体に巻く。

きつねはダイゴを抱きしめたまま歩く。

せめてもの餞《はなむけ》として、二人が住んだ神社へ、ダイゴを連れていくために。

だがしかし、次第に足が言うことを聞かなくなる。

ダイゴをあの場所に連れていきたいのに、歩かなければならないのに、前に進めないのだ。

視界がぼやけ、胸が熱くなり、身体が張り裂けそうになる。

得体のしれない何かが、胸を締めつける。

耐えられない。

そう思った瞬間、とうとうきつねのひざが折れ、土の上に落ちた。

手足を動かそうとしても、力が入らない。

腕の中からすり抜けそうになるダイゴを、きつねは必死になって抱きしめる。

連れていきたいのに。

あの場所で眠らせてやりたいのに。

これ以上は歩けない。もう駄目だ。

きつねの心の中で、何かが破裂しそうだった。

今まで感じたことのない感情が、胸を、手足を、頭の先から足の指先に至るまでを蝕んでいた。

大丈夫、と繰り返すダイゴの姿が、頭を過ったその瞬間——。

きつねの頬を、一筋の涙が流れた。

きつねは泣いた。声を上げて泣いた。その瞬間になって気づく。

ああ、私は、ダイゴに泣き顔すら見せてやれなかったのだ、と。

きつねは土の上に倒れたまま、朝までダイゴを抱きしめていた。

眩しい朝の陽光を受けたきつねはようやく起き上がり、再び神社へ向かった。

見慣れた神社の風景にようやくたどり着くと、きつねは神社と森の境に小さな穴を掘った。

ダイゴは穴の中で、気持ちよさそうに眠る。きつねはダイゴの柔らかな頭に触れ、小さくなった手で優しく撫でた。

「誰にも触れられぬなど、それ以上の不幸などあるものか。辛かったであろう、悲しかったであろう。だが、もう大丈夫であるぞ、私がいるのだから。ずっと、ずっと、お前の傍にいるのだから……」

きつねは穴の中に埋められたダイゴに向かって、手を合わせた。目をつむり、安らかな眠りを祈る。

きつねはひとりぼっちになった。

けれど、何も心配はない。きつねは未だ痛む胸を抱いて思う。

水辺に顔を映せば、ダイゴの金の瞳が映る。こんなふうにいつでもダイゴに会える。ダイゴがずっと見守ってくれる。ずっと守ると言ってくれたのだから。だから、大丈夫。

これからは、ダイゴが私を守り、私がダイゴを守るのだ。

そう思えば、きつねの胸の痛みは少しだけ和らいだ。

ダイゴを思うと感じる、温かな気持ちを優しく撫でる。

もう誰にも、ダイゴのことを「不幸を呼ぶ狐」とは言わせない。

そうであろう、あの男は、ダイゴは――私を幸せにしてくれた、立派な男なのだから。

それこそが、それだけが、私の真実だ。

きつねは心に誓う。

仮に百年かかろうとも、数百年かかろうとも、否、千年かかろうとも。いつまでも待ち続け、再びこの男と巡り合おう。たとえ誰にも触れられなかったとしても、どのような悲しみがこの先に待ち受けていようとも。この男が生まれ変わり、輪廻の法則が再び二人を出会わせるまで、いつまでも待ち続けよう。

言えなかった言葉を、伝えられなかった気持ちを伝えるのだ、と。

どれだけ時が経とうと、この決意の日の出来事を――ダイゴが結婚の申し出に降らせた青い桜が散る光景を忘れぬよう。

きつねは「青桜きつね」と名乗り、一人ひっそりと、恋焦がれる相手との再会の日を神社で待ち続けた。

それから年月が経ち、人々は金眼白狐を忘れていった。

権力者が変われば、国の在り方も変わる。あれほど執拗に行われていた金眼白狐狩りもなくなり、きつねは穏やかに暮らすことができるようになっていた。

気まぐれに旅に出た際、稀に酒呑童子と出くわすことがあった。酒呑童子は、その驚異的な嗅覚と執念で、きつねがダイゴの力を引き継いだものと気づき、戦いを申し込んできたが、いさかいはそれくらいで、きつねの不幸の力を知った上で友となってくれる妖怪も現れ、触れないよう細心の注意を払いつつ共に遊びに出かけたり、たまに狐の面をかぶっては、人間の祭りに出かけたりした。

更に年月が経てば、時代が変わり、街並みや人々の暮らしだけでなく、文化や社会の仕組みも変わってゆく。

最早、妖怪そのものが多くの人々に忘れられ、架空の存在として扱われる日まで訪れた。嬉しくも、どこか寂しく、それでもなお、神社に住まう一人の妖怪は、待ち人との再会を楽しみに、平穏な日々を生きるのであった。

ダイゴの死から約千年後。

きつねは久しぶりに朝早く目覚め、神社付近を散歩していた。駄菓子を片手に石段を下りたところで、眠そうに欠伸をしながら歩く一人の男子高校生を見かける。

その男子高校生から僅かに感じる力の流れは、微かに感じる匂いは、千年前に身近に感じていたもの――ダイゴによく似たものであった。

その瞬間、きつねは頭の中が真っ白になり、手にしていた駄菓子を落としてしまう。

焦る胸を抑えながら、まだ何も確信はないと言い聞かせ、探偵さながらの尾行劇で、こっそりと少年の後をつけていった。だが、高校の教室を覗いたきつねは、更にハッとさせられることとなる。

何故なら、少年は、クラスメイトに「だいご」と呼ばれていたのだ。

だいご、ダイゴ――名前まで一緒となれば、期待が大きくなるのは仕方がない。

しかも、クラスメイトには、幼いころに力の使い方を教えた神社の娘――菊田あかりがいた。

最近、彼女は神社に結界を張っていたが、あまりに強い結界は逆に妖怪を集めるため、悪手と言わざるを得ない。

いずれにせよ、結界は壊さなければならないと考えていたので、これを理由にして微弱な妖力を持つ大吾に、接触するのも手だときつねは思い至る。

更に都合のいいことに、数週間後に鴨川で祭りが行われる。

ダイゴには妖怪たちの祭りへ連れていってもらったことがあったし、このタイミングで祭りが開催されるのは、運命に違いない。きつねは、千年前の妖怪の祭りを思い出しながら、再開の舞台を整えるべく準備を進めた。

胸を躍らせ、土の中に埋めていた箱から取り出したのは、狐の面や、着物。

人間の祭りにミソ飴はないだろうが、りんご飴がある。祭りで飴を調達すれば、千年前の祭りに近い格好ができるであろう。

ダイゴの転生者であったとしても、記憶が引き継がれる訳ではないことは分かっている。

それでも、もしかしたら、この格好や雰囲気に、懐かしさを覚えてくれるかもしれない。

そんな期待を抱いて。


そして、数週間後の祭りの夜――。

京都の鴨川で、一人の男子高校生が奇妙な面の少女に出会う。

千年前に止まっていた二人の物語が、もう一度《ひとたび》、動き出す。

第六章　きつねとたぬき

きつねが目を覚ますと、そこは日本家屋の一室だった。

障子の上の長押《なげし》につけられた風鈴が、風に撫でられ優しい音を鳴らす。きつねは上体を起こして周囲を見渡した。壁にかけられた日めくりカレンダーの日付は、酒呑童子相手に全力を出した日からちょうど一週間後を示していた。

開かれた障子の先に見える広い庭には、橙の陽が穏やかに差し込む。柱にかけられた、古いかけ時計の針が指すのは、五を表すローマ文字。

夢を見た。

長い、長い夢だった。

それは古町大吾に触れたことで思い出されたものかもしれない。きつねは、ダイゴと触れ合った過去を思い返し、手のひらを見つめる。

思えば、千年前、ダイゴと過ごしたのは、僅か五年だった。それは千年の歳月の中ではあまりにも短く、儚い出来事だったかもしれない。千年の歳月の中で記憶が薄れ、忘れかけていた出来事もあるが、それでもなお、ダイゴと過ごした日々は、きつねの心を支配し続けていた。

その大切なダイゴの、生まれ変わりであろう男に触れてしまった。

己の力で、殺してしまった。

きつねは感傷に浸《ひた》るのを止め、畳の上に手を置く。手足を動かす度に痛みが走ったが、体に鞭《むち》を打って立ち上がる。もう死んでいたとしても、きつねは大吾の姿を一目見たかった。転生したであろう愛する者を、もう一度だけ目にしたかった。

「目覚めたのね」

きつねがふらつく足で歩いて戸を開けると、廊下には菊田が立っていた。高校の制服に身を包んだ菊田は、いつもと同じように背筋の伸びた美しい姿勢をしていた。

しかし、その視線に力強さはなく、以前より少し痩せたようにも見える。あまり眠っていないのか、眼の下には薄らと隈ができていた。

「ここは古町くんの家。大丈夫、妹の綾乃さんにも事情は話してあって、あなたには触れないようにしてもらっているわ」

「大吾は？」

一週間も眠っていたせいで、きつねの声は掠れていた。きつねは小さく咳き払いし、もう一度菊田を見上げる。

「二階にいるわ」

「あかりは、私を……看ていてくれたのか？」

「きつねと古町くんの二人を、よ」

「二人？　大吾……大吾は、生きているのか！」

きつねは目を見開いた。声も自然と大きくなる。だが、菊田の表情は変わらない。むしろ、気まずそうに視線を外した。

「……見てくれればいいわ」

何故「生きている」と即答しないのか。

きつねは疑問に思ったが、苦しそうにうつむく菊田の姿を見て、開いた口を閉じた。自分の目で確かめればいいことだ。胸騒ぎに蓋をし、きつねは歩き出す。

階段に向かうきつねの背に、菊田がもう一度声をかける。

「その……色々と言いたいこともあるし、確認したいこともあるけれど……。今はそれどころじゃないだろうから、一言だけ言わせて」

きつねは振り返らなかったが、足を止めた。

「私のことをずっと見守ってくれて、ありがとう……」

きつねの背を追う言葉は不器用で、正面から見なくても、恥ずかしそうに頬を染める菊田の姿がきつねの頭に思い浮かんだ。

きつねは、そんな菊田の姿に、フッと息を漏らしてほほ笑んだ。

「私は私のやりたいようにやっただけだ。だから、気にするな。それに……私はあかりに嘘をついた。人間と妖怪は分かり合えないと教えてきたが、それは嘘だ。人間と妖怪は分かり合える。分かり合えるからこそ、関わってはいけないのだ。人と妖怪が分かり合った未来は、不幸しか待っていない。……私はそう考えている」

立ち去るきつねの背に、菊田が声を張り上げる。握った拳は固く、力を込め、言葉がしっかりと、きつねの心に届くように。

「私は……あなたとのことを諦めない！　どんなことがあっても、諦めないから！」

菊田の言葉を胸に、きつねは歩みを再開した。

きつねは一歩一歩、ゆっくりと階段を上りながら、噛みしめるように考えた。

大吾が生きている？

金眼白狐に触れて、生きているなどあり得るのだろうか？

金眼白狐に触れた者は死ぬ——。

千年前に聞いたダイゴの話によれば、最初は、ただ偶然と言えるような不幸が降りかかるだけだったらしい。しかし、千年前のきつねにはすでに、間接的に死に繋がるような不幸も訪れていた。例えば寝ている宿に火がついたり、山賊に襲われたり。

私がダイゴの力を——金眼白狐の力を引き継いだ際には、力は更に強まり、触れた草木も瞬時に枯れたほどだ。

だからこそ、きつねはこの千年、一度も人間や妖怪に触れないよう細心の注意を払ってきた。それはある意味で、人間に触れた場合、どれくらいの速度で絶対殺の力が巡るのかは分からないということでもある。

昆虫や草木に間違って素手で触れてしまった場合は、ほぼ即死であったが、必ずしも人間もそうであるとは限らない。もしかしたら、まだ人間を即死させるような力にはなっていないのではないのか。

大吾が生きているという言葉が、きつねには信じ切ることができなかったが、そうした楽観的な期待を抱かずにはいられなかった。

あのとき、大吾は確かにきつねの身体を抱き止めた。

大吾が身体に触れた瞬間を思い出したせいか、それとも、大吾が生きているという喜びからか、きつねは胸に温かいものが溢れるのを止めることができない。

きつねは体中の痛みで何度も転びそうになりながら、きしむ階段を上り、大吾の部屋の前に立つ。

そして、愕然《がくぜん》とした。

戸の向こう側から、大吾の叫び声が聞こえたからだ。同時に、ガチャガチャと激しい金属音が鳴り響く。きつねは息をのんで、戸に触れた。

戸は鍵がかけられているらしく開かなかったが、聞こえてくるのは、間違いなく大吾の声だった。部屋が揺れ、叫び声が上がる。

苦しんでいる。

この世のものとは思えない叫び声が、歯軋《はぎし》りが、何度も聞こえてくる。

きつねの脚が、指先が、肩が、連動するように、一斉に震え出した。

何が起こっているのか分からないまま、立ちすくんで、混乱して、大吾の苦しそうな声に、息ができなくなる。

「あー兄ちゃん、こりゃまた苦しそうだね」

気づくと、廊下の先に大吾の妹、綾乃が立っていた。

ギシリと板を踏み込み、きつねの目の前に立つ。綾乃は中学の制服の上に、黒いカーディガンを羽織っていた。

「綾乃……？」

綾乃は落ち着いた様子で、大吾の部屋を見つめていた。兄が大変な状況だからこそ、取り乱して判断を誤ってはいけないと考えているのかもしれない。その振る舞いは、年齢相応のものには見えなかった。

「よくも兄ちゃんをこんな目に……と言いたいところだけれど、どうせ兄ちゃんが勝手に無茶しただけでしょ？　それなら自己責任。あなたを責める気はないわ」

責める気はない、と言われたとしても、きつねは己の責に唇を噛む。綾乃にとって、大切な兄。その兄があんな叫び声を上げて苦しんでいる。そう思えば、後悔と、懺悔《ざんげ》の念が溢れ、息が詰まりそうだった。きつねは、それでも、問わなければならない。大吾が何故生きているのか、何故あんなふうに苦しんでいるのかを確認しなければならない。声を震わせ、疑問を口にする。

「何故、大吾は生きているんだ？　私に触れたのに……。私を抱きしめて……」

「抱きしめたのッ！」

綾乃がまさしく恋バナに過剰反応する中学生のように黄色い声を上げる。そこに反応するのか、ときつねが目を丸くしているのに気づき、綾乃は恥ずかしそうに咳払いし、言葉を続けた。

「菊田さんも気づかなかったみたいだけれど、あなたも全然気づかなかったのね……。いえ、それはそれでうまくごまかせていたってことだけれど」

「気づかなかった？　ごまかした？　どういうことだ？」

戸惑うきつねの問いに、綾乃は神妙な顔でうなずいた。

「立ち話ってのも何だから、私の部屋に入って」

きつねは意味が分からず、何度も瞬きする。

気づかなかった、とは一体何に。

大吾の叫び声に後ろ髪をひかれながらも、きつねは綾乃の部屋に足を踏み入れる。

綾乃の部屋は大吾の部屋と大差なく、女の子にしては地味な部屋だった。一緒にまとめて買ったのか、ちゃぶ台まで大吾の部屋にあるのとそっくりだ。きつねは促されるまま、座布団の上に座った。

「目覚めたばかりでしょ」

そう言って綾乃から差し出されたペットボトルの水であったが、きつねは触れようともしない。喉は渇いていたが、大吾のことで頭がいっぱいで、それどころではなかった。

「気づかなかった、というのは、どういうことだ……」

綾乃は自ら部屋に入れたにも拘わらず、言いにくそうに頭を掻いていた。

しかし、覚悟を決めたのか、一時して息を吐き出す。

「私たち古町家の者は——」

『妖怪よ』

「妖怪……?」

綾乃の言葉に、きつねが目を剥く。

呆気にとられるきつねを凝視したまま、綾乃が言葉を続けた。

「兄ちゃん、普通の人間よりも力を感じると思わなかった？　やけにきつねさんや菊田さんとの状況に順応してるって思わなかった？」

そう言われてきつねは思い返す。

「それは……確かに感じた。妖怪だとか妖力だとかの話のときは、たまに目を逸らしていたし……まさか本人が妖怪だとは思っていなかったが。そうか、大吾は嘘をつくのが下手なのだな」

「兄ちゃんはうまくはないかな」

「しかし、仮に大吾が妖怪だったとして、私たち妖怪を相手にその事実を隠す必要はなかっただろう。大吾はそんなこと一度も……」

戸惑うきつねに、綾乃がまた頭を掻く。

「この状況になってしまったから言うけれど、私たち一族は自らが妖怪であることを秘密になければならないの。父さんも、お爺ちゃんも、ずっとずっと守ってきたこと。私たちは妖怪であることを伏せ、あくまで人間として生きていかなければならない」

「伏せる？」

綾乃の話に、きつねが首を傾げる。妖怪が妖怪であることを伏せるなど聞いたことがなかったからだ。綾乃は続ける。

「そう、私たち一族は、長い歴史の中、人間に狩られ、同属である妖怪にも狩られ、様々な実験に使われてきたわ。どこまでやれば死ぬのか、どこまでやれば死なないのか。どうすれば、同じ力を他の者に移殖できるのか……」

「まさか……」

思い当る妖怪に、きつねは息をのむ。

「そう、私たちは不死の妖し、風狸《ふうり》。風生獣《ふうせいじゅう》をはじめとして、様々な別名を持つ、狸の妖怪よ」

狸の妖怪、風狸――。

「ダイゴは、狸の妖怪に生まれ変わっていたのか……」

きつねは驚いたようにつぶやいた。

己が「狐」であることを考えれば「狸」は縁多き生き物。狐と狸の化かし合い、という言葉もあるし、昔話や映画で取り上げられる題材でもある。これも運命か、と目を丸くする。

「風狸は斬っても刃が通らない。火を向けても焼けやしない。風狸を殺すなら、打ち叩け。されども、口に風を受ければ生き返るぞ」

歌による伝承なのだろうか。綾乃の声のトーンが上がった。きつねは風狸の噂を思い出し、疑問を口にする。

「風狸は骨や頭を砕かれると生き返れないという話を聞いたことがある。しかし……」

「そうね、あなたも見たでしょうけれど、兄ちゃんは刃も通るし、骨も折れる。そして、実際は頭を砕かれたって、口を塞いだって、どんな殺され方をしたとしても、再生するわ。それが本当の風狸よ。生き返るのを確かめる前に去ってしまったり、大げさに伝えたり、間違って伝わったり……噂なんてそんなものね」

綾乃は目をつぶった。一時の沈黙が訪れる。綾乃にとっても相当な覚悟で話しているのは間違いない。何を話していいのか、何を話すべきなのか、ゆっくりと、じっくりと考えているようだった。きつねとしては、直ぐにでも色々と聞きたかったが、綾乃の心情を察し、彼女が口を開くのを待った。しばらくすると、綾乃が目を開いた。

「両親の話は聞いている？」

きつねは神妙な顔でうなずく。

「ああ……事故で亡くなったと」

「お母さんは普通の人間だったけれど、お父さんは一族の力を引き継いだ風狸でね。私と兄ちゃんが小学生のとき――お父さんが行方不明になったの。目的も理由も分からないけれど、さらわれたんじゃないかって」

恐らく一族の歴史の中でも、さらわれた風狸は、一人や二人ではないのだろう。不死の力というのは、それだけ魅力的であり、妖怪の中でも不思議で、希少な能力であった。

「多分、不死の力を引き継ぐ研究が目的だろうね。私たちはお母さんにつれられて、東京からこの街に引っ越してきたわ。私が中学に上がったころ、お母さんは、過労がたたったのか、病気で死んじゃった……」

「……」

「お父さんは、今もどこかで死を繰り返しているかもしれない。もう、死んでいるのかもしれない。死ぬことができていると……願いたい」

痛ましさに、きつねは言葉を返すことができなかった。ただただ、唇を噛み、拳を握り、震えながら話を聞くことしかできなかった。

またしばらく沈黙が続き、きつねはふと疑問を口にした。

「……一族だけには、死ぬ方法が伝わっているということか」

「そう、どうしても死にたいときが訪れたとき、万が一のときのためにね。色々と条件を揃えなければならないし、それだけはあなたにも教えられないけれど」

「しかし、何故、そのような秘密を私に……？」

きつねが問うと、綾乃は続けた。感情を殺しているのか、表情は変わらない。

「兄ちゃんはあなたに触れたんでしょう？　中途半端に嘘をついても、見抜かれそうだし。それに……」

綾乃は初めて困ったような顔になり、少しだけ笑った。

「兄ちゃん、お父さんがいなくなってから、すっごく臆病になったの。自分も誰かにさらわれて、研究の対象にされるんじゃないかって。昔は普通の男の子だったのに、この街に来てからは人とも滅多につき合わなくなって……お父さんみたいに、何度も、何度も殺されるんじゃないかって……怯えて……」

とらえられて研究材料にされる。普通であれば、馬鹿げた妄想と笑い飛ばされるものかもしれないが、風狸の一族にとってはごく身近な恐怖であった。そして、人間や妖怪の欲が、好奇心が、いかに恐ろしく、根深いものなのかは、千年生きてきたきつねもよく知る事実であった。

大吾が臆病なのはそうした理由があったのか。きつねは肩を抱き、眉を八の字に寄せる。

苦しくて、息ができなくて、倒れてしまいそうだった。

「でも、その兄ちゃんがさ、誰かのために命を張ったんだよ？　私だって……今の状況は苦しいし、辛い。けれど、その点だけは……兄ちゃんが、そう思える人に出会えたことだけは、よかったなって……。そんな相手なら……話せることは話したいと思って……」

綾乃が一族を語る口調は、大人びたものだった。背筋を伸ばして座り、語るその姿は、まるで小さな菊田のようだ。

大きな過去や一族の宿命を背負い、兄妹で生きてきたことを思えば、そうなってしまったのも無理はない。しかし、どのような過去や宿命があろうとも、まだ中学生の子供。唯一の肉親である兄の話は、淡々とできるものではなかった。

きつねは綾乃の告白を聞き終え、顔を上げる。

大吾が何に「賭けた」のか、気づいたのだ。

「それじゃあ、大吾は、まさか……」

「そう。兄ちゃんは賭けたんだ。己の不死の力と、あんたの絶対殺の力、どちらのほうが強いのか。まるで、どのような盾も突き通す矛と、どのような矛も防ぐ盾の話」

綾乃が口を閉じたその時——隣の部屋から、人間のものとは思えない叫び声と激しくこすれる金属音が上がった。

「大吾ッ！」

「待ってッ！」

とっさに立ち上がろうとするきつねを制し、綾乃が叫ぶ。

「兄ちゃんは……兄ちゃんは、馬鹿だし、スケベだし、信じられないくらい馬鹿だし、馬鹿だけれど……それでも、あんたのために戦っているんだ。でも、今あの部屋を開けたら、兄ちゃんはあんたに何をするのか分からない」

冷静な判断に反して、綾乃のひざに置かれた手は震えていた。

「正気を失うって分かっていたから、兄ちゃんは落ち着くまで誰にも入らせるなって言って、鎖で繋がって閉じこもったの。私たちは……兄ちゃんが戻ってくるのを待つことしかできないんだ……」

苦しいのは、きつね一人ではない。きつねは唇を噛んで座布団の上に座り直した。

「二階にはもう一つ部屋があるから、今日はそこに泊まればいいわ」

綾乃の言葉に、きつねは顔を上げる。

「いいのか？」

「出ていけって言っても、聞かないでしょ？」

「すまない……」

そう言って、きつねは深く深く頭を下げた。


部屋をあてがわれたものの、きつねはそこにいることができず、大吾の部屋の前に座って待つことにした。

部屋の前なので、大吾の苦しむ声や、鎖の音が直ぐ近くに聞こえる。

きつねは身動きもせずその音を聞きながら胸を震わせた。

大吾が生きていた。大吾が生きていた！

このまま金眼白狐の力に打ち勝つことができれば大吾は生きていられる。しかし、屈服すれば——。

きつねは壊れそうなほどに拳を握り、思う。

大吾を助けたい、大吾の力になりたい。その一心で、目をつむって祈った。何かできることはないかと考え続けた。どうか耐えて欲しいと、何度も心に願った。

叫び声や苦しむ声は収まらず、何もできないきつねの心は張り裂けそうだった。

この世のものとは思えない恐ろしい声、歯軋りの音、何かが割れる音。耳を塞ぎたくなるような音の嵐が、激しい衝撃が、きつねの前の戸を隔てて何度も奏でられる。体中を鎖で縛っていて、身動きがとれない状態という話が、まるで嘘のようだ。

いっそのこと、楽にしてあげたい。そう思うと、涙が流れそうになる。

大吾を助けてくれ。

誰か、誰か！　大吾をッ！

きつねはただの一言も聞き逃さず、まるで大吾とともに苦しむように、歯を食いしばる。立てた爪が腕に食い込み、血を流すのにも気づかないまま、大吾の帰りを待ち続けた。

菊田も一階で、心配しながら大吾の帰りを待っているだろう。綾乃だってそうだ。千里眼を使うまでもなく分かる。

こんなに思われているのだから、早く帰ってこい。きつねは心の中で繰り返す。

きつねが大吾の部屋の前で座り込んで八時間経った、夜中の二時ごろ。

きつねの祈りが届いたのか、不意に大吾の部屋が静かになった。

「だい……ご……?」

先ほどまでの激しい金属音や叫び声が嘘だったかのように、外の虫の音まで聞こえるような静寂が、あたりを包み込む。

きつねが立ち上がった際にきしんだ床の音が、やけに大きく響く。

金眼白狐の力に打ち勝ったのか、それとも。

きつねは恐る恐る戸に近づいて——。

「馬鹿ッ!」

隣の部屋から飛び出した綾乃のバットが、きつねの身体を弾き飛ばす。きつねは階段から落ちそうになりながらも、何とか手すりに掴まって耐えた。

弾かれたと同時に、大きな音が響く。

視線を動かし、きつねは自らが立っていた場所を確認すると、廊下の板に鋭利な爪が突き刺さっていた。

きつねは愕然とした。

大きな爪を引き抜くのは、豹変した大吾だった。

見開いた瞳や膨れ上がった全身は鬼のよう。牙を剥き、鋭く大きな爪は壁をズタズタに引き裂いている。

大吾の腕は、腹は、顔は、足は、血にまみれ、破壊と再生が繰り返され、ぼこぼこと原形を留めない恐ろしい形になっていた。ただれた傷から、膿と血がどろりと垂れる。一体どれだけの苦しみと、痛みが身体を巡り続けているのか。

「だい、ご……」

呆然とした表情で、大吾を見るのは、きつねだけではない。冷静であることに努めていた綾乃もまた、苦しそうに顔をしかめていた。しかし、感情を表に出すのは一瞬。動揺するきつねをかばうように、綾乃が前に立つ。

「こうなったら力ずくで動けないようにしないといけないね。兄ちゃん、痛いかもしれないけれど、我慢して」

綾乃はひきずっていた金属バットを振りかぶり、大吾の身体に叩き込もうとした。一時的に意識を失わせるか、もしくは戦闘不能になるくらい壊さなければならないという判断である。

バットを振りかぶった瞬間、綾乃が強い妖力を放ったのはきつねも気づいた。瞬間的な妖力で言えば、菊田以上だろう。

だが、大吾は綾乃のフルスイングを右の手の甲で軽々撥ね除け、同時に綾乃の身体を紙屑のごとく吹き飛ばす。金属バットのはずが、まるでプラスチックのバットのように軽々と曲がった。

普段の大吾からは感じられない、恐ろしい力が、きつねの身体を強く締め上げる。まるで金縛り。今の大吾は、下手をすれば、全力のきつねと互角か、それ以上の力をまとっているかもしれない。きつねの絶対殺の力が大吾の身体中を巡り、痛めつけ、妖力は無尽蔵《むじんぞう》に跳ね上がり続ける。

綾乃の身体は大吾の部屋の戸に叩きつけられ、壊れた戸と一緒に部屋へ転がる。僅か一撃で気を失ってしまったのか、廊下へ戻ってくる気配はない。

大吾はきつねを見つけると、息を荒げ、二撃目の爪を振り下ろす。

きつねはまだ動けない。大吾のあまりに変わり果てた姿に、一瞬では動揺を消せなかった。

大吾の赤黒い拳と爪が迫り、きつねの呆然とした顔を引き裂こうとした瞬間、金属音と板の割れる音が響いた。

「きつね！　しっかりして！」

菊田が刀で大吾の爪を防いでいたのだ。

一階にいた菊田も、突然の轟音に異常を察知したのだろう。階段を駆け上がる音すら置き去りに、大吾の攻撃を食い止めていた。

踏ん張る菊田の左足は床の板を割ってめり込み、左手を添えて防御に徹した刀はカタカタと音を鳴らして小刻みに揺れる。

一触即発。

少しでもバランスを崩せば、吹き飛ばされる状況に、菊田の頬を汗が流れる。

「す、すまない」

きつねは菊田の呼びかけで我に返り、正面へ跳躍して彼女の横を通り抜けた。跳躍した最中、刀を具現化しようとするが、大吾の瞳を見た瞬間ひるんでしまい、妖力をうまくコントロールできない。隙を見せたのはコンマ一秒に満たなかったが、怪物となった大吾は見逃さない。上半身を捻り、回転しながら裏拳を放つ。

大吾の手の甲はきつねの腹に直撃し、軽々と吹っ飛んだ。きつねの身体は、天井にぶつかってピンポン玉のように跳ねる。天井を見上げた菊田が気づいたときには、次の一手——大吾の爪が、顔面目がけて猛スピードで飛んできているところであった。

菊田は超人的な反射速度で刀を縦にし、大吾の爪を防ぐが、バキリと刀が折れる音とともに、身体が後方へ吹き飛ぶ。階段を転がり落ちた菊田は、額から血を流し、苦しそうに二階を見上げる。

「きつ……ね……」

床に叩きつけられたきつねは、歯を食いしばって立ち上がろうと手をついた。

「ぐッ……う……」

僅か一撃喰らっただけにも拘わらず、きつねは意識を失いそうだった。刀を出して戦おうとするが、唯一変わっていない大吾の黒い瞳が目に入る度に、力を出すことができなくなる。これ以上、大吾を傷つけることができなかった。

きつねは顔を上げ、化け物の身体となった大吾に向かって一歩踏み出す。肺の中の空気をゆっくりと何度も吐いた。

大吾を恐れてはならない。この大吾が、あのダイゴの生まれ変わりであれば、きっと私を守ってくれる。信じろ。

だってそうだろう。この大吾は、土壇場で命を賭して私を助けてくれた。そんなことができるのは、あのダイゴしかいない。

そう心の中でつぶやいて瞼を閉じた瞬間、きつねの顔に残ったのは、緊張でも、恐怖でもない、優しい表情であった。

気持ちが穏やかになり、呼吸が落ち着いたのを心で感じ、きつねはゆっくりと瞼を開ける。

「私はな、百年、一人ぼっちだった」

「ぎぐぐ……」

大吾の黒い瞳が眼球の中で泳ぎ回り、きつねの姿を捕らえる。

「一人ぼっちの時間は百年ではすまなかった。二百年経っても変わらなかったのだ。三百年、飽きずに待ち続けても……お前に会うことはできなかった」

「が……アが……」

大吾の切れ切れに吐かれる苦しそうな息が、腕や足を流れ続ける赤い血液が、きつねの胸をキリキリと締めつけ続ける。それでもなお、きつねは顔を上げ、大吾の双眸を見据える。心が届くように。想いが伝わるように。

「四百年、私はな……何もかもを忘れてしまいそうだった。いつになったら、またお前に会えるのか……あの神社でそんなことばかりを考えていたのだ」

血にまみれた大吾の足が、一歩、二歩と廊下を踏みしめ、歩んだ道を赤黒く染めてゆく。

「でもな、不思議と辛くはなかった。辛くはなかったのだ」

きつねの頬を、一筋の涙が流れる。

大吾は大きく肥大した腕を天井すれすれの位置まで振り上げ、きつねの小さな身体を狙った。

「妖怪の友もできたし、たまに人間の祭りに面をかぶって参加したりしてな……。悲しいことがあっても、川辺で金色の瞳を見れば、お前に勇気づけられている気がした。お前に会うのが楽しみで、何もない日の繰り返しが幸せで……。思い返せば、私がもらったものは、想像していたよりも、大きなものだったのだな」

きつねは大吾の瞳を見つめ、両手を広げた。

何故か——何故か、そうするべきだと思った。そうしなければならないと思った。

身体が自然と動き、大吾に近づき。

気づけば――。
大吾を抱きしめていた。
大吾は攻撃も、抵抗もしなかった。
「もう大丈夫……大丈夫。大吾、私がついているから……」
千年前、ダイゴがしてくれたように。
大吾の身体を抱きしめた。
苦しみを分かち合うように、大吾の痛みを受け止めるように。
しっかりと、背中に腕を回す。
その瞬間、大吾の身体から力が抜けた。
同時に、膨らんでいた身体は小さくなり、かさぶたが剥がれ、血が止まる。
きつねの細い腕の中、間抜け顔の大吾が静かな寝息を立てていた。

終章　青い桜

迷わなかった――と言えば嘘になる。

むしろ命を差し出してまで、出会って一ヶ月も経たない少女を助けようだなんて気持ちは、走り出す直前まで微塵もなかった。だってそうだろう。僕は元々、厄介事には首を突っ込まないたちだし、格好をつける代償が、生死を懸けたものでは割に合わない。

僕は風が吹き荒れる中、必死に神社の壁や鳥居に掴まって、きつねと菊田さんが妖怪たちと戦う様を見守っていた。

酒呑童子と呼ばれる鬼は強く、樹齢千年の神木をはるかに超える巨体を見上げたときは、足が震えるのを止めることができなかった。

酒呑童子と互角に戦い、宙を舞うきつねの姿は、まるで夢か幻のようで。

心の中のカウントダウンが十を切った瞬間も、僕は砂利の上で震えていることしかできなかった。

誰もが最後は我が身がかわいい、とはよく言ったもので、実際に「死」を突きつけられなければ、実感できないことがある。

突然、目の前に現れた鬼に殴られ、顔から砂利に突っ込んだとき――。

目の前の風景が白い斑点で覆われ、鼻から血が溢れるのを目にしたとき――。

僕は、必死にもがいてその場から逃げ出していた。

ああ、でもそうだ。それが僕なんだ。

弱くて、臆病で、卑怯な自分に涙がこぼれそうだったけれど、僕の足は止まらなかった。

ヒーローになんてなれない。自己犠牲を払ったところで、結局のところ、割の合わない思いをするのは自分自身だ。そんなことは分かり切っている。

だからこそ、一刻も早く、この悪夢から目が覚めて、いつもの日常に戻って欲しい。ただそれだけを願っていた。

それなのに――。

落下するきつねの顔を見た瞬間。

諦めが混じった表情が目に入った瞬間。

僕はいつの間にか立ち上がっていた。

風で転がる尖った板をつかみ、太ももに思い切り刺す。

痛みで震えを止まらせ、恐怖を麻痺させ、無我夢中で走っていた。

絶対に、助けなければならない——。

何故、きつねを助けなければならないと思ったのか、自分でもうまく説明することができない。僕の身体は、考えるよりも前に行動していた。

仮に僕が不死の妖怪でなかったとしても、走っていた。そう断言できるほど自然に、僕は駆け出していた。

きつねの小さな身体を抱き寄せる。あまりにも小さな身体は、さきほどまで巨大な鬼を相手にしていたとは思えない華奢なもので。

砂利の上に右腕や背中を打ちつけ、バキリと骨が折れる音が響いても、激痛が全身を駆け巡っても、小さな身体に怪我がないよう、守るように地面を滑った。砂利が背中を掻き、痛みとともに血が滲むのを感じた。

何となく、夢で見る感覚を思い出す。

大切なものを抱いて走る夢。

大切なものを抱いて空に浮かぶ満月を見上げる夢。

腕の中の温かな感触に安堵しつつも、きつねの身体に触れて散った葉——菊田さんの言葉を思い出し、全身が震えだす。

触れた者を確実に殺す力——。

きつねの身体は柔らかく、触れた者を殺す力が宿っているとは到底思えなかった。

しかし、僕はこの目で見ている。飛び舞う葉が一瞬で粉々になった瞬間を。

その瞬間が、頭の中で何度もフラッシュバックする。

ああ、僕はここで死ぬのだろうか。死んだらどうなるのだろうか。

死にたくない。まだやりたいことはたくさんある。

これまで抱き続けてきた恐怖は、繰り返し苦痛を受けながらも「死ねない」ことだった。

死ぬことについては、ほとんど考えてこなかったのだ。

底のない恐怖に指先を震わせながら、僕は顔を上げ、きつねの顔を見た。

きつねは困ったような、喜んでいるような、泣いているような、安心し切った顔——矛盾しているかもしれないけれど、そんな表情を浮かべていた。

「大丈夫」

自分にも言い聞かせるようにつぶやいた言葉なのかもしれない。僕はきつねを心配させないために、血だらけの汚い顔で笑った。

「きっと大丈夫」

ビビリでヘタレで、たいした力もないくせに、僕はそんな言葉を繰り返していた。強がりでも、ハッタリでも、きつねを心配させたくなかった。

きつねは瞼を閉じると、静かな寝息を立てはじめた。

きつねが眠りに就いた瞬間――我慢していた感情が解放され、僕の頬を涙が流れた。一筋だけではない。次々と、涙が頬を伝っていく。

マグマのように沸き立つ、魂を揺さぶる激情が放たれた瞬間。

身体が震え、嗚咽が止まらなくなった。

僕はきつねの服を濡らすのも気にせずに泣いた。

きつねの身体を抱きしめた瞬間、気づいてしまったのだ。

きつねの身体は、震えていた――。

きっと、戦いながら、ずっと震えていたのだろう。

臆病なのは、僕だけではなかった。

きつねは他人の目を気にせず、全力で笑って、全力で楽しんで、自分の考えを信じて、一瞬一瞬を大切に生きていた。

いつも眩しいくらいに輝いていた――。

しかし、そんなきつねさえ、弱い自分に打ち勝つために戦っていた。

眩しく輝いていた少女は、何てことない、自分と同じ弱い存在だったのだ。

それでも、己の弱さに立ち向かい、打ち勝ち、僕たちを、この場所を守ろうとした。

僕は嫌いな自分に絶望して諦めてきた。

でも、捨てきれないものがあってよかった。

まだ、心の奥底に、失ったはずのものが、僅かでも残っていてよかった。

仮に絶対殺の力に負け、死ぬことになったとしても——。


きつねを助けることができてよかった。


きつねに出会えて、よかった。

僕はきつねの小さな身体を抱きしめ、身体を震わせて泣いた。


石段にひしめき合っていた妖怪たちは、総大将を失い、呆然とする者、腰が抜けて倒れる者、逃げ出す者と様々であったが、一様に戦意を失っていた。菊田さんも刀を収め、こちらへ駆け寄ってくる。

「古町くん、大丈夫！」

そして、きつねを抱えた僕の姿を見て絶句する。

「きつねに、触れて……しまったの？」

つい先ほどまで戦っていた菊田さんに、泣き顔は見られなかったようだ。それでも、血と泥で酷い顔だろう。僕にはやらなければならないことがある。いつまでも泣いてはいられない。冷静に努め、菊田さんの問いに答えた。

「こうするしかなかった。でも、大丈夫、考えなしに突っ込んだ訳じゃない」

「どういうこと?」

「歩きながら説明する」

僕はきつねを背負い、菊田さんと一緒に家へ戻った。

途中、菊田さんには古町家が不死の妖怪であること、不死の力と絶対殺の力を天秤にかけた「賭け」に出たことを説明した。

不死の力に関しては、信じてもらえるかどうか心配もあったが、折れていた腕や、血だらけになっていた背中が修復されるのを見てもらい、呑み込んでもらった。

「小さなころ、トラックに撥ねられたこともあるけれど、傷は直ぐに塞がったよ」

小学校低学年のころ、自転車で坂を下ってトラックに撥ねられたことを思い出す。そのとき、アスファルトに叩きつけられた痛みが今日までにおける過去最高の痛みだった。普通の子供であれば、全治数か月はかかったかもしれない。しかし、僕は普通の子供ではない。

トラック運転手が慌てて飛び出したころには、身体の再生が終わっていた。かなり派手にぶつかったので、トラックの運転手も驚きを隠せない様子だったが、無傷の奇跡に涙を流して喜んでいたのを思い出す。

菊田さんは、そのときの運転手と同じように目を丸くしていたが、直ぐにいつも通りの冷静な様子に戻った。

「不死の妖怪がいるってことは聞いたことがあるわ。それに、確かに古町くんから妖力を感じていたのは間違いないし……」

話が早くて助かった。菊田さんの博識を改めて賞賛したい。


家に戻ると、一階の寝室に布団を敷いて、きつねを寝かせた。布団の中で眠るきつねは、こちらの心配など知らぬ顔。寝返りを打ちながら、幸せそうに掛け布団の端を摘んでいた。

菊田さんには、妹の綾乃に事情を説明するよう伝え、僕は家の裏にある車庫へ向かう。

玄関をまたぎ、家の裏に回ったところで、突然痛みや痒みが全身を回りはじめた。

続いて、吐き気、汗、重み、熱。

突然肌に切り傷ができたり、肉がただれたりする。異常は外傷だけでなく、身体の内部にも及ぶ。様々な痛みを同時に味わうのは、まるで生き地獄だ。

車庫の鍵を開けている間も、きつねの絶対殺の力が身体の内部を巡り続けた。あまりの痛みに意識を失いそうになりながら、僕は何とか耐えてシャッターを開ける。

車庫にあった鎖を腕に巻いて引きずり、自分の部屋に戻ってからは、全身の痛みと吐き気に耐えながら、己を拘束する準備をした。

ちゃぶ台をどけ、畳に深く杭を打ち、鎖を何重にも身体に巻いて固定。

「これで、いいだろ……」

畳の上に寝そべったところで、妖力の暴走は次の段階に進んだ。

妖力が体内を巡っているのか、勝手に動き出す手足の馬鹿力で、鎖が切れそうなほど引っ張られる。不快な金属音とともに、みるみるうちに身体が赤黒く染まり、皮膚が割《さ》けて手から、足から、腹から、体中から血が溢れた。

痛みで意識を失えば楽になれると思っていたが、そうはいかない。意識が闇に飲まれる前に肉体の再生が始まり、再生の直後に破壊が始まる。

身体の各所が負傷と再生を繰り返し、昼夜問わず休まることはない。

この痛みを、どのように表現すればいいだろうか。

例のトラックに撥ねられた一件が、過去一番痛かったと記憶しているが、そのときの痛みを凌ぐ激痛が、絶え間なく襲ってくる。

右腕一本に激痛が走ったかと思えば左腕に移り、吐き気とめまいが襲ってきたところに、両足が同時に切り刻まれる。

痛みに耐えるため、のたうち回り、ときには叫ぶ。

視界が白い点で塗りつぶされる度に「もう楽になりたい」と祈り、細かい息とよだれが漏れ続けた。

この世のものとは思えない激痛が何時間も、何日も続いたとき。

僕は諦めた。

この地獄が無限に続くのであれば、もう死んだほうがマシだ。激痛の中、本気でそう思っていた。

目の前に闇がおりて、意識が遠のく。これでもう楽になれる。

それなのに、そんなときに限って、きつねの顔が、涙を流して悲しむ姿が、頭の中を過って、胸を締めつける。「大丈夫」と言った手前、死んではいけない、諦めるなと自分に繰り返し、歯を食いしばる。吐しゃ物がうまく吐き出せず、何度も咳き込む。

どれくらい時間が経ったのだろう。

意識が朦朧《もうろう》としたまま、身体が勝手に動き出した。

自分の力とは思えない怪力で鎖を千切り、目の前の戸を吹き飛ばす。絶対殺の力が、身体と精神を重く、暗く支配する。

諦めたくない、諦めてはならない。

それでも、もう息ができなくなって、もう制御できないと思ったとき——。

誰かに抱きしめられた。

僕より一回り小さな身体は、それでもとても力強く、まるで「大丈夫」と繰り返すように。優しく、包み込むように、僕の身体を抱きしめた。

その瞬間、何故か身体中の痛みが和らいだ。

重かった身体は、まるで背中に羽根が生えたかのように軽くなっていた。

それからあとのことは、よく覚えていない。

ただ、安らかに、まどろみの中に落ちていった。


朝の陽光に目覚めると、そこは一階の寝室で、隣には憧れの女子が座っていた。まるで夢のような光景であるが、身体が重く、少し動かすだけでも痛い。どうやら、夢ではないらしい。菊田さんは僕を看ていてくれたらしく、タオルを絞っているところだった。

「古町くん！」

菊田さんは僕の顔を見るなり、タオルを置いて胸を撫でおろした。制服姿であるところを見ると、登校前だろうか。

「きつねは……」

喉が痛く、漏れた声も自分で驚くくらい割れていた。上体を起こそうとすると、胸元に違和感があった。痛みというより重み。

　その位置に視線を落とすと、きつねが気持ちよさそうな顔で眠っていた。布団の上からとはいえ、思い切り身体に触れてしまっている。

　こうして触れても問題がないということは、僕の不死の力がきつねの死の力に打ち勝ったということか。すやすやと眠るきつねを見ていると、何故か緊張してしまう。どこか菊田さんに似ているからだろうか。それとも、逆なのだろうか。

　僕が出会ったのは、間違える要素など微塵もなく、菊田さんが先なので、逆ということは本来ありえないのだが、何故か直感的にそうした感覚を抱いていた。

「今は疲れて寝ちゃっているけれど、ずっと古町くんのことを看ていたのよ。それにしても本当によかった……」

　心から心配してくれていたのか、菊田さんは普段の凛とした姿からすれば珍しく、無防備な表情で深く息を吐いていた。菊田さんの戦っていた姿——きつねを思って走る後ろ姿を思い返す。

　きつねと菊田さんは、外見以外でも似ている部分がある。自分自身の意思や信念を持ち、それらに基づいて道を選んでいる部分だ。優柔不断で臆病な僕が、菊田さんに惹かれた理由であって、長年抱き続けてきた憧れの正体だろう。

　そんなことを考えながらきつねの寝顔を眺めていると、菊田さんが立ち上がってキッチンのほうへ歩いていった。

キッチンはこの部屋の直ぐ隣だが、引き戸のせいで姿は見えない。とはいえ、自分の家のキッチンに立つ菊田さんの後ろ姿は想像できる。まるで新婚生活のようだと胸が躍り、頬が崩れそうになる。

が、寝返りを打つきつねのグーパンチで、強引に現実へ引き戻された。

キッチンから戻った菊田さんは、水の入ったコップを持っていた。差し出されたコップを受け取り、一気に飲み干す。僕の飲みっぷりを見届けた菊田さんは、何も言わずにもう一杯用意してくれた。

「え、えと……今日はいつ？」

菊田さんは気持ちを整理するように、一拍おいて僕の質問に答える。

「九月七日よ」

「九日も寝ていたのか。道理でお腹が空いている訳だ。というか、学校始まってるしッ！」

「数日休んだくらい、気にすることじゃないわ」

目立ちたくない僕にとっては「されど」の数日。どのような理由をつけて、ミッシングリンクの謎を説明すべきか、頭を抱えていたが、すまし顔の菊田さんがバッサリ。

「古町くんが数日休んだって、クラスの誰も気にしません。ちなみに、担任には、綾乃ちゃんが夏風邪ってことで報告したそうよ」

誰も気にしていない。大吾にとって嬉しい事実のはずだが、バッサリ切り捨てられると、それはそれで涙がちょちょ切れそうになる。というか、周囲の目を気にする性質は、きつねだけでなく、菊田さんにも見抜かれていたようで。そう考えると、自意識過剰な気がしてきて、恥ずかしさで顔が熱くなるのを止められない。

「とはいっても、私は心配してたけれど……」

見間違いか、うつむいてつぶやいた菊田さんの頬も、僅かに色づいて見えた。その色を隠すためか、今度は小さく嘆息する。

「それにしても、二人とも色々と無茶をしすぎよ」

「無茶をする男は嫌いでしょうか?」

「……それは、ノーコメントで」

菊田さんは、僕の軽口を聞いて安心したのか、学校指定の鞄を取って立ち上がった。ポニーテイルの髪をなびかせ、立ち上がるその姿は可憐で、凛としていて。ただ立ち上がっただけなのに、周囲に華が咲いたような幻覚さえ見えそうだ。

心配をかけたし、いつも見ない菊田さんの姿に心配したけれど、もう大丈夫。いつも通りの菊田さんが、朝の陽光の中で、満面の笑みを浮かべていた。

「軽口を叩けるくらいだから、しばらく安静にしていれば大丈夫ね。それじゃあ、私は学校に行くから。古町くんはもうしばらく休んでなさい」

菊田さんが戸を開けて部屋から出ていったあと、左腕に痛みを感じて僕は飛び上がりそうになった。

「痛ッ！」

「お前のニヤニヤ顔を見ていると腹が立ってきた」

左腕に視線を走らせると、きつねが思いっきり腕をつねっていた。

「……て、きつね、起きてたのかよ！」

「今目覚めたばかりだ。だが、私は無茶をする男は嫌いだということは伝えておこう」

「起きていたんじゃないか！」

きつねは頬を膨らませ、大きな瞳を半眼にして僕を睨む。

きつねに抗議の言葉を放とうとするものの、今度はキッチンの方角で廊下を走る音が聞こえる。

「兄ちゃん！　朝ごはんできてるから、しっかり食べときなよ！　行ってきまーす！」

左手に包帯を巻いた制服姿の綾乃が、廊下を通り過ぎていった。

トーストをかじりながら走る姿は、アニメのワンシーンのようで、お兄ちゃんとしては、妹がどこかの曲がり角でどこかの転校生男子とぶつかり、安いラブコメが始まらないか心配になってくる。

「九日ぶりの再会なのに、あいつは素っ気ないな」

そう愚痴《ぐち》っていると、聞こえていたのか、綾乃が部屋の前まで戻ってきた。

「うなぎ堂の件、忘れないように！」

綾乃は捨て台詞を残し、再びパンをかじって走っていった。愚痴が聞こえて文句を言いにきた訳ではなく、以前の約束の確認だった。

僕は温めていた諭吉二人が旅立つことを思い出し、頭を抱える。というか、綾乃のやつ、それを言いにきただけかよ。

綾乃が外に出たようで、勢いよく戸が閉まる音が響き、早朝らしい鳥の鳴き声だけが残る。

僕は改めてきつねのほうに向きなおった。

「その、僕が妖怪だってこと、黙っていてごめん」

頭を掻いてうつむくと、きつねが穏やかにほほ笑んだ。

「事情もあっただろうし、もう済んだことだ。それよりも、お前が無事でよかった」

朝日の中でころころと笑うきつねは、とても嬉しそうで、僕まで自然と笑ってしまう。

そんな穏やかな空気の中、きつねは何かを思い出したのか、小さな手のひらで布団を叩き出した。

「大吾、大吾。お前に言わなければならないことがある！」

きつねは元気いっぱいで、何か秘密を明かす前の子供のように、無邪気に瞳を輝かせていた。その表情を見ていると、本当に千年も生きている妖怪なのか疑わしくなってくる。

今回、僕はきつねと出会ったことで痛い目にあったし、諭吉二人とも別れを告げることになった。それどころか死にかけた。普通に考えればさんざんな日々だったかもしれない。

それでも、こんなに無邪気に笑って、喜ぶ姿が見られたのであれば、助けてよかったと思い、何もかも許せてしまいそうになるから不思議なものだ。

「何だ？」

「私はな、ずっと疑っていたのだ」

「何を？」

「お前が本当にダイゴなのかどうかを、だ」

きつねが何を言っているのかよく分からないが、それでも、きつねの笑顔はこれまで見たことがないくらい豊かな表情で。

だから、僕はきつねの調子に乗ることにした。

「僕は大吾だ」

「ダイゴはもっと頼もしかったし、阿呆でもなかった。だから、私はお前がダイゴである確証を探しながらも、人違いじゃないかと半ば諦めかけていた」

「それで？」

「でも、気づいた。お前はやはりダイゴだ。私が言うのだから間違いない」

「それはどうも」

「そして、そのダイゴにずっと告げたかった言葉がある」

「何だ？」

きつねはニッコリと、満面の笑みを浮かべる。


「結婚しようッ！」


窓の外には季節外れの桜が舞い、仄かに青に染まってゆく。

ゆらり、ゆらり、ゆらりゆれ、朝の陽光の中できらめく。

僕にロリコンの気はない。

だから、子供の姿のきつねから結婚しようと言われても、それは嬉しいというより、困るというか。むしろ、一般常識的な見解からすれば、困らなければならない。

しかし、僕の心は、何故か本気で揺らぎそうになっていた。

憧れと恋心がごっちゃになっているのだろうか。それとも、きつねが実際は千年を生きている年上の妖怪だから感じるものなのだろうか。

胸に広がった感情は、過去に抱いたことがないほどに大きく、抗えないもので、僕はついつい「いいよ」と返してしまいそうになる。

出会ったばかりの少女と婚約を交わす訳にもいかず、しかし、抱いた感情を素直に吐露《とろ》する訳にもいかない。どう切り抜けようかと悩んでいたが、きつねの期待する顔と、輝く金色の瞳を見ていると、下手にごまかすのも悪い気がして。だから。

「まだ出会ったばかりだし、お互いを知ってから」

と、今の僕にとって精いっぱいの言葉を捻り出した。

きつねにとっては、十分な答えだったのか「今はそれでいい。私は諦めないさ。お前がしてくれたようにな」とまた訳の分からないことを言って屈託のない笑みを浮かべた。

僕はまだまだ続きそうな厄介事に頭を悩ませながら、しかし、戻った平穏に安堵するように、とりあえず、きつねの頭を撫でるのであった。

了

SH-010
青《あお》い桜《さくら》と千年《せんねん》きつね

2016年12月25日　第一刷発行

著者　戌井猫太郎《いぬいねこたろう》
発行者　日向晶
編集　株式会社メディアソフト
〒110-0016
東京都台東区台東4-27-5
TEL：03-5688-3510（代表）/ FAX：03-5688-3512
http://www.media-soft.biz/
発行　株式会社三交社
〒110-0016
東京都台東区台東4-20-9　大仙柴田ビル2階
TEL：03-5826-4424 / FAX：03-5826-4425
http://www.sanko-sha.com/

印刷　中央精版印刷株式会社
カバーデザイン　大塚雅章（softmachine）
組版　松元千春
編集者　長谷川三希子（株式会社メディアソフト）
川武當志乃、福谷優季代（株式会社メディアソフト）

ISBN 978-4-87919-187-8

SKYHIGH文庫公式サイト　◀著者＆イラストレーターあとがき公開中！
http://skyhigh.media-soft.jp/

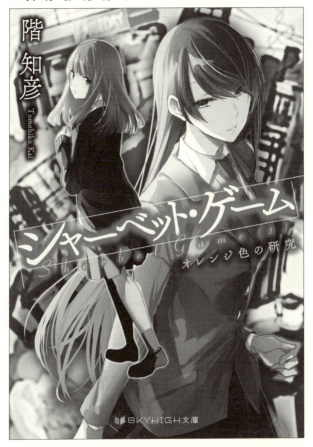

CHOKOSHI
NARUSEKAORU NO
HOJUN NA NICHIJO
調香師
成瀬馨瑠の
芳醇な日常
端島凛
Rin HASHIMA
SKYHIGH文庫